지나고 나면 작은 일이 된다

지나고 나면
작은 일이 된다

변효성 에세이

강인별

차
례

2장 용기 있는 선택으로 용기 있는 삶을

3장 걱정만 한다고 해결되지 않아

210   epilogue

✳

✳

내가 글을 쓰기 시작한 이유가 있다면, 세상살이에 지친 누군가에게 '작은 위로를 전하고 싶어서'이다. 나는 한때 여러 번의 실패 속에서 다시는 일어서지 못할 것 같은 절망의 시간을 보냈다. 세상을 향한 원망이 가득하고, 지독하게 외로웠던 날들이었다. 하지만 시간이 지나 결국 다시 일어설 수 있게 되었고, 지금도 내가 원하는 삶을 살고자 앞으로 걸어가고 있다. 그래서 내가 그랬던 것처럼 힘들어하는 사람들에게 따뜻한 위로와 다시 시작할 용기를 전하고 싶었다. '지금까지 사느라 고생했다고', '잘 살아주어서 고맙다고', '아무리 힘들어도 지나고 나면 다 작은 일이 된다고' 말이다.

　인생은 나에게만 어려울 리 없고, 당신에게만 힘들 수도 없다. 물론, 상황과 정도의 차이는 있겠지만 마냥 행복하기만 하거나 마냥 불행하기만 한 사람은 없다. 모두가 똑같이 쉽지 않은 세상에 살고 있으므로 모두가 힘을 내야하고, 잘 살아가야 한다. 그래서 당신이 힘든 그 순간에, 혼자라는 생각에 주저앉아 힘들어하지 않았으면 좋겠다. 이 세상이 아무리 험난하고 위험할지라도 나와 당신, 우리가 함께한다면 조금은 덜 힘들고, 덜 외롭고, 덜 아프고, 덜 상처받을 수 있다.

　이 책을 통해 내가 겪고, 느꼈으며, 이겨냈던 수많은 지난날을 세상 밖으로 하나둘 꺼내어보려 한다. 나의 이야기

✳

✳

가 당신의 이야기처럼, 나의 경험이 당신의 경험처럼 공감을 얻길 바란다. 그래서 앞으로 살아갈 당신의 인생에 조금이나마 도움이 되길 바란다. 이런 바람으로 글을 잘 쓰기보다는, 나의 진솔한 이야기를 담기 위해 더 많은 시간을 들였다. 너무 무겁지 않고 가볍게 그리고 재밌게 읽을 수 있기를, 진심이 전달되기를 간절히 바란다.

　많은 사람이 어제보다 오늘, 오늘보다 내일 더 행복했으면 좋겠다. 전 세계가 코로나로 힘든 상황을 보내고 있지만, 이 또한 머지않아 지나갈 것이다. 힘들 때일수록 단단한 마음으로 서로 응원하자. 또 현재에 만족하지 못하는 사람은 과거에도, 미래에도 만족하기 어렵다. 그러니 오늘에 최선을 다하고, 현재에 집중하며 살자. 불행과 행복은 언제든 마음먹기에 따라 교차하니까 되도록 행복하다고 믿고, 행복한 꿈을 꾸며, 행복하게 살기 위해 노력해야 한다. 나는 당신이 즐거움과 희망을 노래하며, 행복으로 나아가길 늘 응원할 것이다.

1장

소중한 것은
더욱더
소중하게

인생을 두 번 살 수 있다면

인간은 누구나 태어나서 죽을 때까지 단 한번밖에 살지 못한다. 만약에 기회가 있어서 두 번 살 수 있거나, 예행연습을 할 수 있다면 얼마나 좋을까? 아쉽게도 불가능한 일이다. 그러므로 우리는 최선을 다해서 살아야 한다. 될 수 있으면 안타깝지 않도록, 아쉽지 않도록, 서럽지 않도록, 속상하지 않도록, 미워하지 않도록 말이다. 물론, 아무리 잘 살아도 죽음이 가까워지면 미련과 후회가 남게 된다. 그래도 최대한 아쉬움을 남기지 않고 나와 당신, 모두가 행복한 인생을 살기 바란다.

초등학교 4학년 때, 형을 따라 문구점을 가려고 했을 때의 일이다. 우리가 가려는 문구점은 4차선 도로를 가로질러야만 하는 위치였고, 형이 먼저 빠르게 건너갔다. 나도 형을 따라 곧장 뛰려고 했지만, 버스정류장에 큰 버스가 시야를 가리고 있었다. 오가는 차들을 전혀 볼 수가 없어서 버스가 지나갈 때까지 기다리려 했지만, 형이 손을 들어 나에게 신호를 주려는 모습이 보였다. 나는 재빨리 달리기 포즈를 취했다. 100m 달리기 선수들처럼 허리를 숙인 채 바닥에 손을 짚었고, 왼발과 오른발을 번갈아 가며 뛰기 좋은 자세를 만들었다. 그리고 최대한 형의 손짓에 집중했다. 형의 손이 깃발로 보였고, 마침내 깃발이 바닥을 향해 내려졌다. 양손과 발로 바닥을 있는 힘껏 박차고 일어나 첫발을 내디뎠다. 숨을 꾹 참고, 단숨에 달려가려 했으나 달리던 도중 큰 충격에 정신을 잃고 말았다.

깨어보니 병원이었다. 어지러움 때문에 눈을 떴을 때, 나는 이동 침대에 누워 있었고 어딘가를 향해 바쁘게 끌려가고 있었다. 왼쪽에는 간호사 선생님이 보였고, 오른쪽에는 어머니와 아버지의 모습이 보였다. 나는 구토가 나올 것 같아 큰소리로 토할 것 같다고 말했다. 간호사 선생님이 큰 통을 내 입에 받쳐주었고, 엄청난 양이 쏟아져 나왔다. 나는 내 입에서 나온 토사물을 보고 또다시 기절해버렸다. 핏덩어리가 묻은, 토사물의 핏빛에 놀라 정신을 잃은 것이다. 어린 마음에 얼마나 놀랐는지 아직도 그 장면이 잊히지 않는다.

또다시 눈을 떴고, 이번에는 병실에 누워 있었다. 옆에 앉아 계시던 어머니가 눈을 뜬 내 모습에 깜짝 놀라며, 두 손을 꼭 붙잡으셨다. 어머니는 "아들, 괜찮아? 괜찮은 거지?"라며 몇 번이나 물으셨다. 나는 연신 고개를 끄덕이며 괜찮다고 말했다. 곧바로 의사 선생님이 달려왔다. 의사 선생님은 나를 살핀 후 손과 발에 감각이 있는지, 어머니와 형을 알아볼 수 있는지 물으셨다. 형은 자신 때문에 내가 사고를 당했다고 생각했는지 시무룩해 보였다. 형의 입꼬리가 축 처져 있었고, 그 모습에 나도 모르게 웃음이 터져 나왔다.

내가 눈을 뜬 것은 병원에 입원한 지 정확히 4일 만이었다. 장기 대부분이 파열된 상태였고, 왼팔은 부러져 있었다. 차량에 부딪히면서 제일 먼저 복부를 다쳤고, 하늘 높이 붕 떴다가 머리와 어깨가 바닥에 내동댕이쳐졌다고 한다. 사고가 난 직후, 부모님은 곧바로 나를 병원으로 데려

갔지만, 곧 죽을 거라는 말을 들었다고 한다. 나는 내 상태를 인정하지 못한 아버지가 여러 병원에 다닌 끝에 이 병원까지 오게 되었다. 이 병원으로 오는 도중에도 몇 번이나 죽을 고비를 넘겼다. 몇 차례 심정지가 있었고, 그럴 때마다 심폐소생술과 전기 충격으로 고비를 넘겼다는 이야기를 전해 들었다. 내가 당한 사고가 얼마나 끔찍했는지 그제야 실감이 났다.

의사 선생님과 어머니의 말에 따르면, 나는 죽다가 살아난 특별한 아이였다. 그렇기 때문에 어머니는 내가 남들보다 더 잘 살아주길 바라셨다. 나 또한 '두 번 사는' 특별한 인생이라 믿고 잘 살고 싶었지만, 내가 원하는 대로 살아지진 않았다. 인생에는 갑작스러운 고난과 역경이 찾아왔고, 그런 시련과 고통 앞에서 무너질 때도 있었다.

만약 당신에게 두 번 살 수 있는 기회가 생긴다면, 지금보다 훨씬 나은 인생을 살 수 있을까? TV에서 자주 볼 수 있는 노래 경연 프로그램에서는 노래 실력으로 승자와 패자로 나눈다. 대부분의 경연은 탈락한 패자에게도 부활할 기회를 주고, 부활로 살아난 사람끼리 다시 대결하게 된다. 그렇게 패자부활전의 승자는 살아남지만, 그다음 단계로 올라가는 것 또한 쉬운 일은 아니다.

이런 과정이 어쩌면 삶을 살아가는 것과 비슷하다는 생각이 든다. 최종 우승을 하기 위해서는 부활로 살아날 기회를 얻는 것도 중요하다. 하지만, 그 기회도 평소에 묵묵히 자신의 음악을 하고, 꾸준히 자신의 길을 걸어간 사람만이 잡을 수 있다. 결국 우승하는 사람은 꾸준히 노력한 덕분에 우승할 수 있는 것이다. 이것이 우리가 현재를 열심히 살아야 하는 이유이다.

인생이 두 번이든 세 번이든 미래의 기회만 바라보고 '현재'를 살지 않으면, 몇 번을 살아도 결과는 똑같다. 자신이 지금 처한 상황을 받아들이고 인정해야 앞으로 나아갈 수 있다. 현재의 삶에 감사하고, 현재의 삶에 만족하며, 현재를 충실하게 살아야 한다. 이렇게 오늘을 잘 산 사람들은 내일과 모레를 기대할 수 있다. 우리 모두 오늘을 살아가자. 오늘은 한 번 지나가면 다시 오지 않고, 오늘 누릴 행복이 내일까지 기다려주지 않으니 말이다.

선택과 집중

사람들은 누구나 행복하게 살기를 원한다. 눈앞의 즐거움을 포기하고, 자신이 정한 목표를 달성하기 위해 노력한다. 그리고 끝없이 도전한다. 그 이유는 행복하게 살고 싶기 때문이다. 물론, 노력하는 태도는 매우 중요하다.

그러나 삶의 진정한 가치는 내 선택에 달려 있다. 삶의 질을 결정하는 것은 단순히 '행복한가'가 아니라, 행복해지기 위해 우리가 '어떠한 노력을 하는가'이다. 싫어하는 일을 억지로 하거나 자신의 취향, 가치관과 맞지 않은 일에 매달려 시간을 허비하지 말아야 한다. 어쩔 수 없이 하는 일보다 재미있고 보람된 일을 해야 만족스러운 결과도 따라오는 법이다. 물론 그때 경제적인 부분도 함께 따라오게 된다.

우리에게 주어진 시간과 에너지는 한정되어 있다. 모든 것을 다 잘하고, 모든 것에 다 에너지를 쏟을 수는 없다. 너무 많은 곳에 투자하다 보면 들인 노력은 종잇장처럼 얇아 티가 나지 않을 수 있다. 사람들은 노력에 비례해 성과가 쌓이기를 바라지만, 그러기 위해선 '더하기'가 아닌 '빼기'가 필요하다. 원하는 결과를 얻고 싶다면, 일의 가짓수를 줄이고 온전히 집중해야 한다.

모든 일에는 집중이 필요하다. 비단 일뿐만 아니라 사랑도 그렇고, 여행도 그렇고, 취미 활동도 그렇다. 사랑을 할 때, 한 사람에게 집중해야 한다. 만약 여러 사람에게 관심을 가지면 그중 누구와도 진실한 사랑을 할 수 없다. 여행도 마찬가지다. 여행을 간다면 현실의 걱정이나 고민을 떨쳐버리고 내가 있는 여행지의 먹거리, 볼거리, 즐길 거리에 집중해야 한다. 그렇지 않으면 여행을 다녀와도 아무것도 남는 게 없을 것이다.

당신이 무엇을 선택하고 집중하는지에 따라 당신의 삶이 바뀐다. 그러니 선택하지 않은 것에는 미련을 두지 말고, 선택한 것에만 집중하며 나아가길 바란다.

따뜻한 온기

마음이 따뜻한 사람을 만나면, 그 사람의 따스함이 나에게도 고스란히 전해진다. 나도 그런 온기를 느낀 적이 있다. 사회 초년생이었던 시절, 친구의 권유로 이성을 소개받았다. 친구는 소개해준 분의 사진도 보여주지 않았고, 아무런 이야기도 해주지 않았다. 그분과 만나기로 한 날은, 처음 이야기를 전해 들은 날로부터 3일을 더 지나야 했다. 나는 너무 궁금했지만 기다릴 수밖에 없었다.

그날부터 아무것도 모르는 그녀를 상상하기 시작했

다. 키가 클까? 아담할까? 하루는 아주 귀엽고 따뜻한 사람이 떠올랐고, 또 하루는 멋지고 차가운 사람이 떠올랐다. 아무런 정보도 주지 않는 짓궂은 친구 때문에 애간장만 타들어 가던 차에 소개팅하기로 한 그날이 왔다.

  그날은 평소보다 두 시간이나 일찍 눈이 떠졌다. 씻고 난 후, 거울 앞에 서서 머리카락을 이리저리 만져보았다. 드라이기와 스프레이로 앞머리를 세우고, 멋있는 표정도 지어보았다. 그런 다음 옷장을 열어 여러 벌의 옷을 입어봤지만, 하나같이 마음에 들지 않았다. 평소에는 잘 입고 다니던 옷들이었는데 오늘따라 왜 이렇게 마음에 들지 않는지 조바심도 났다. 결국 2시간이 훌쩍 지났고, 출근 시간이 가까워지고 있었다. 나는 일단 출근해야 하니 점심시간에 백화점에 들를 생각으로 대충 입고 집을 나섰다. 점심시간이 되어 백화점에 달려가 코트를 한 벌 구매했다. 옷을 사고 회사로 돌아가는 길에도 새로운 인연이 시작될 수도 있다는 생각에 설레는 마음이 사라지지 않았다.

  회사에 돌아와서 업무를 보는데도 시간이 멈춰 있는 듯

했다. 시계를 자주 봐서 그런지 시간이 갈 생각을 하지 않았다. 그렇게 영겁 같은 시간을 보내고, 기다리던 약속 시간이 다가왔다. 퇴근하고 보니, 약속에 늦지 않으려면 시간이 촉박했다. 나는 평소보다 큰 보폭으로 힘차게 걸었다. 심장은 터질 듯이 빠르게 뛰었고, 몸은 뻣뻣하게 굳어가고 있었다. 숨을 크게 쉬어도 봤지만, 긴장감은 사라지지 않았다. 결국 그 상태로 약속 장소에 도착했고, 닫힌 문을 열고 친구에게 다가갔다.

드디어 그녀와 만났다. 며칠 동안 고대하고 고대하던 순간이 눈앞에 다가왔다. 나는 그녀를 똑바로 볼 수가 없었다. 곁눈질로 본 그녀는 하얀 피부에 긴 생머리를 하고 있었다. 어색함에 보는 것조차 민망했지만, 밥도 먹고 술도 한잔 마시면서 차츰 긴장이 풀리기 시작했다. 그리고 대화를 하다 보니 아주 따뜻하고 좋은 사람이라는 느낌이 들었다. 우리는 서로가 궁금했던 이야기를 주고받으면서 즐거운 시간을 보냈다.

오후 10시가 넘어서야 자리가 끝났고, 나는 헤어지는 것이 못내 아쉬웠다. 버스정류장까지 그녀와 함께 걸으며 이런저런 이야기를 더 나누었다. 10분쯤 지나자 그녀가 타야 하는 버스가 도착했다. 우리는 아쉬운 마음에 서로 힐끔힐끔 쳐다보았다. 그때 그녀가 작은 목소리로 "아무 때나 전화해요."라고 말했다. 지하철을 타고 집으로 가는 길에 그녀에게 전화를 걸었다. 그녀와 전화로 대화하면서 서로를 향한 따뜻한 마음을 확인할 수 있었다. 그렇게 소중하고 따뜻했던 그녀와의 만남이 시작되었다.

앞서 말했듯이, 따뜻한 사람에게는 따뜻한 온기가 있다. 얼음장처럼 차갑고 외로웠던 내 마음이 그 사람의 따뜻한 온기 덕분에 녹아내렸다. 그 사람을 만나는 동안은 나에게도 따뜻한 온기가 돌았다. 물론 온기는 연인에게만 느낄 수 있는 것이 아니다. 애정을 쏟는 모든 사람에게 느낄 수 있다. 사랑하는 부모님, 친한 친구들, 사랑스러운 어린아이들에게 그리고 반려동물에도 말이다.

사랑은 줄 때보다 받을 때 더 큰 사랑으로 돌아오고, 따뜻한 온기는 나눌수록 더 크고 따스한 온기를 받을 수 있다. 누군가와 마음을 주고받는 일이 어렵다면 나 자신을 먼저 충분히 사랑해주는 것도 좋다. 내가 따뜻한 마음을 가지고 있으면, 언젠가는 마음이 쓸쓸하고 추운 사람들을 위로할 수도 있기 때문이다. 사는 게 아무리 팍팍하고 어렵더라도, 너무 차갑고 냉정해지지 않도록 소중한 사람들과 따뜻한 마음을 주고받으면서 살았으면 좋겠다.

작은 것에도 행복은 있다

과거의 나는 직장 생활에 목숨을 걸었었다. 돈을 더 많이 벌기 위해 열정을 불태웠다. 왜냐하면 돈을 벌면 벌수록 행복의 크기도 커지리라 굳게 믿었기 때문이다. 조금 더 큰 행복을 위해 악착같이 노력해 사원에서 대리가 되었고, 대리로 진급한 후에는 과장으로 승진했다. 과장에서 부장으로 진급하는 것은 내 노력만으로 되는 일이 아니었기에 한동안 과장이란 자리에 머물러야 했다. 부장이 되기 위해선 일정 근무 기간을 채워야 했고, 팀을 이끌어 가기 위한 리더십도 필요해서 승급 심사 기준이 꽤 까다로웠다.

그러던 중, 우연히 더 좋은 조건의 회사에 다닐 기회가 찾아왔다. 그때의 나는 돈을 많이 버는 일에 혈안이 되어 있었기 때문에 빠르게 이직을 결정했다. 결론적으로 이직하려 했던 회사의 사정으로 내 이직은 무산되었다(이 이야기는 뒤에 더 자세히 다룰 예정이다). 나는 그렇게 생각지도 못했던 취업전선에 뛰어들어야 할 상황에 놓였다. 물론 적지 않은 나이에 그동안 받았던 높은 연봉을 줄 회사를 찾기란 어려웠다. 이곳저곳에 이력서를 제출했지만, 돌아오는 답변이라고는 불합격 통보뿐이었다. 날이 갈수록 의기소침해졌고, 자존감도 떨어졌다. 아주 우울한 날들을 보내야만 했다.

그러다 지인의 소개로 한 회사에 간신히 입사했다. 회사는 전에 다니던 회사보다 연봉도 훨씬 낮았고, 환경도 매우 열악했다. 하지만 그때는 회사에 다닌다는 사실 자체로 만족해야만 했다. 처음 입사한 후에는 이전 회사보다 연봉이 적어서 당연히 생활에 불편함이 생기고, 불행해지겠다고 생각했다.

막상 두어 달이 지나도 내 생활에 큰 변화는 없었다. 오히려 월급이 줄어든 탓인지 돈의 소중함을 알아갈 수 있었다. 예를 들어, 사소한 지출도 꼼꼼히 따져보는 습관이 생겨 씀씀이가 줄어들었다. 물건을 고르는 안목도 생겨났다. 생활용품 같은 소소한 물건을 사는 일이 얼마나 즐거운 일인지 예전에는 미처 몰랐다. 물건의 장단점을 비교하고, 나에게 더 필요한 제품을 고르는 그 과정이 좋았다.

큰돈을 들여 거창한 물건을 사지 않아도 충분히 행복할 수 있다는 것을 깨달았다. 집으로 돌아가는 길에 먹는 길거리 음식도 소소한 행복을 가져다준다. 겨울철에 군고구마나 붕어빵을 한입 베어 물면 행복하다는 말이 절로 나온다. 무더운 여름철, 시원한 아이스 아메리카노나 빙수에도 행복이 들어 있다.

이처럼 마음만 먹는다면 얼마든지 행복하게 살 수 있다. 행복은 꼭 크고 거창한 것에서만 느낄 수 있는 것은 아니다. 멀리서 힘들게 헤매지 않아도, 행복은 항상 당신 앞에 있다. 단지 행복은 이기적이어서 자신을 돌보는 사람에게만 다가간다. 또한 행복은 심술궂어서 남의 행복과 나의 행복을 비교하거나 부러워하는 순간 떠나간다. 항상 자신의 행복을 소중하게 여기고, 감사하는 마음을 가진다면 더 큰 행복을 만날 것이다.

가장 중요한 사실은, 행복은 '습관'이라는 것이다. 아는 길이 편하고, 가던 길을 당연하게 또 가듯이 행복에 습관을 들여야 한다. 행복해지는 습관을 하나씩 늘려가다 보면 행복을 더 많이, 더 자주 경험하게 될 것이다.

믿음에 대하여

며칠 전 백화점에 들러 구두 한 켤레를 구입했다. 고등학교 때부터 친하게 지내온 친구의 생일이 다가오기 때문이었다. 나는 이 친구에게 구두를 선물해주고 싶었다. 그 이유에는 특별한 에피소드가 하나 있다.

고등학교 시절, 친구는 내 생일날에 나이키 운동화를 선물해주었다. 나중에 알고 보니, 친구는 자신이 용돈을 모아서 운동화를 사준 것이 아니라 친구의 어머니에게 조르고 졸라 운동화를 받아낸 것이었다. 심지어, 본인이 신고 다닐 운동화라고 거짓말까지 했다는 것이다. 여기서 가장 웃긴 점은, 운동화를 신은 모습을 친구의 어머니에게 보여 줘야 했기 때문에 친구는 가끔 선물해준 운동화를 빌려 가곤 했다.

그리고 그 친구와 나는 각자 집안에 숟가락 개수까지 알고 있을 만큼, 누구보다 서로에 대해 잘 알고 있다. 이처럼 오래된 친구라 속마음까지 다 눈치챌 때가 많지만 가끔은 속내를 전혀 알지 못하는 때가 있다. 내 친구는 작년에 이혼을 결심했다. 그리고 나에게도 말하지 않고 조용하게 이혼했다. 한참 뒤에 친구의 이혼 사실을 듣고, 제일 먼저 섭섭한 마음이 들었다. 물론 가까운 사이라는 이유로 모든 것을 말할 의무가 없다는 것쯤은 알고 있다. 하지만, 나에게도 털어놓을 수 없는 일이 있다는 게 속상했다.

우정이 돈독한 친구 사이뿐 아니라 연인 간의 사랑이 커도, 부부끼리 정이 깊어도 모든 것을 아는 것은 불가능하다. 친구의 이혼 소식을 듣고 새삼 느꼈다. 그리고 그렇기 때문에 사람 사이에는 '믿음'이 중요하다는 생각도 들었다.

사람은 아무리 친한 관계라도 조금만 소홀하거나 방심

하면 믿음이 약해지고 균열이 생긴다. 그 균열을 제때 발견하고 메꾼다면 다행이지만, 그러지 못하면 땅이 갈라진다. 결국엔 서로 다른 땅에 서게 된다. 그 믿음이라는 건 자주 만났다고, 오래 알고 지냈다고 쌓이는 것은 아니다. 한 번을 만나더라도 상대에게 최선을 다하는 모습으로 신뢰를 주어야 생기는 것이다. 친해지기 위해서 서로를 옭아매거나 지나치게 자신의 마음을 강요할 때 탈이 난다. 서로가 서로에게 의지할 수 있고, 편안하게 기댈 수 있는 사이야말로 '건강한' 친한 사이다.

이 일을 계기로 친구가 이혼 이야기를 해주지 않아 서운해했던 일을 반성했다. 그리고 친구를 믿지 못한 것 같아 미안한 마음도 들었다. 아마 친구는 '나와 친하지 않아서'가 아니라 '자신의 마음을 정리할 시간'이 필요했던 것 같다. 나는 상대에 관해 많이 아는 것을 친밀함의 기준으로 삼았었다. 많이 안다고 더 믿는 사이는 아닌데 말이다. 이제는 친구가 모든 것을 말해주지 않아도 서운해하지 않는다. 다만 내 자리에서 상대방을 믿으며 묵묵히 기다릴 뿐이다.

과거의 효도, 지금의 효도

나는 어머니의 사랑을 듬뿍 받고 자랐다. 내가 막내라는 이유도 있었지만, 형이나 누나들보다 키도 작은데다 삐쩍 말라서 안쓰러운 마음에 더욱 잘해주셨다. 여전히 어머니의 눈에는 아이처럼 보이는지 하나라도 더 챙겨주려고 애를 쓰신다. 반면에 나는 부모님께 잘해드린 것 없이 늘 걱정만 끼쳤다. 평소 연락도 살갑게 하지 않았고, 바쁘다는 핑계로 부모님 댁에 자주 찾아가지도 않았다. 마음으로는 세상 모든 자식처럼 부모님께 효도하고 싶었고, 기쁘게 해드리고 싶었지만 행동하는 것은 무척이나 어려웠다.

어린 시절 아버지와 어머니께서 경제적인 이유로 다투는 모습을 여러 번 보았다. 그렇기 때문에 어른이 되면 부모님께 큰 집도 사드리고, 물질적으로 풍족하게 해드려야겠다고 다짐했었다. 그런데 내 형편은 좀처럼 나아지지 않았고, 부모님은 점점 나이 들어갔다. 잘 사는 모습을 보여드리고 싶지만 그러질 못하는 것이 늘 마음에 걸렸다. 그래서 부모님을 뵈러 가는 길이 언제나 편하지만은 않았다.

그러던 어느 날, 어머니가 뇌졸중으로 쓰러지셨다. 그리고 어머니는 반신불수 판정을 받으셨다. 눈물이 왈칵 쏟아졌다. 병원에선 재활 훈련을 잘 받으면 좋아질 수 있다고 했다. 하지만, 어머니처럼 나이가 많은 분들은 재활 훈련을 받아도 완전히 회복하는 것은 어려운 일이다. 그 사실은 알고 있었기 때문에 하늘이 무너지는 기분이 들었다.

그 당시 내가 할 수 있는 일은 어머니를 찾아뵙고, 꼭 안아드리는 일밖에 없었다. 오랜만에 자세히 들여다본 어머니의 얼굴은 너무 늙어 있었다. 깊게 팬 주름살에 영락없는 할머니의 모습이었다. 셀 수 없이 많아진 주름에 가슴이 아프고, 속이 상했다. 어머니가 늙고 아픈 것 모두 내 잘못인 것만 같아 스스로가 원망스러웠다. 어머니를 뵙고 집으로 돌아오는 내내 눈물이 멈추지 않았다. 그렇지만 마냥 울면서 자책하고 있을 수는 없었다. 나는 지금 내 상황에 할 수 있는 효도를 해야겠다고 결심했다.

지금도 여전히 부모님에게 매일매일 문안 인사를 드리는, 세상에 둘도 없는 효자는 되지 못했다. 그렇지만 스스로 한 약속만은 무슨 일이 있어도 지키려고 한다. 첫 번째 약속은 일요일마다 전화를 드리는 것이다. 그리고 두 번째 약속은 연휴에는 무조건 부모님을 뵈러 가는 것이다. 물론 약속한 날이 아니더라도 자주 연락하고, 휴일이나 틈나는 대로 부모님과 함께 시간을 보내려고 노력하고 있다. 어머니가 편찮으신 것은 너무나 가슴 아픈 일이지만, 나와 어머니는 그 일로 인해 훨씬 가까워졌다. 그리고 안부를 묻고, 서로 걱정하고 챙기는 일이 자연스러워졌다.

어릴 때 내가 생각했던 효도와 지금의 효도는 분명히 다르다. 성공해서 많은 돈을 벌고, 호강을 시켜드릴 수 있다면 그것도 좋은 일이다. 하지만 그런 효도보다 더 중요한 것은 마음을 표현하는 것이다. 부모님에게 감사와 애정을 담아 말 한마디 건네고, 부모님의 말씀도 잘 들어주는 것이 중요하다. 어머니가 언제까지 내 곁에 있어 줄지 모르겠지만, 언젠가는 이별해야 한다. 적어도 그 이별의 시간이 오기 전까지는 최대한 많이 표현하고, 자주 시간을 보낼 수 있도록 노력할 것이다. 지금이라도 '진짜' 효도가 무엇인지 알게 되어서 다행이라고 생각한다.

쓸모없다고 생각했지만

집을 청소하다 보면 가끔 쓸모없는 물건이 하나둘 나올 때가 있다. 버릴까 말까 망설이다가 처음 물건을 가지게 된 날을 떠올려본다. 며칠 전, 낡고 허름한 지갑 하나를 발견했다. 그 지갑은 아주 오래전에 내가 처음으로 회사에 입사했을 때 아버지가 사준 취업 선물이었다. 오래되고 유행도 지나 나조차도 알아주지 않는 물건이 되었지만, 당시에는 제법 비싸고 자랑할 만한 지갑이었다. 현재는 새 지갑을 쓰고 있고, 사용할 수 있는 상태는 아니지만 아버지가 주신 소중한 선물이라 간직하고 있었다. 이번에도 지갑을 버릴까 말까 고민하다가 역시나 버리지 못하고 제자리에 가져다 놓았다.

요즘엔 많은 물건에 묻혀 살지 않고, 최소한의 필요한 물품으로 생활하는 '미니멀라이프'가 유행하고 있다. 사람들은 쓸모가 없거나 사용하지 않는 물건을 버리거나 중고 거래하기도 한다. 나 또한 복잡한 것을 싫어하지만, 소중한 추억이나 의미가 담긴 물건들은 쉽게 버리지 못하는 편이다.

언젠가 오랫동안 등산을 하지 않아서 하나밖에 없던 등산화를 버린 적이 있다. 그리고 얼마 후, 산에 갈 일이 생겼고 새로 등산화를 구입해야 했다. 만약 그때 등산화를 버리지 않았다면, 새로 등산화를 사느라 시간과 비용을 들이지 않았을 것이다. 그 후로, 사용하지 않는 물건을 발견해도 바로 버리지 않고 한두 번 더 생각해보게 되었다.

인간관계에서도 비슷한 경우가 있었다. 나와 친하다고 할 수는 없고, 모르는 사이라고도 할 수 없는 지인이었다. 안다고 하기엔 너무 먼 당신이라고 할까? 그 형은 내 친구의 직장동료로, 친구와 술을 마시다가 우연히 만났다. 그리고 어쩌다 보니 함께 술을 마시게 되었다. 그날은 술기운에 잘 어울렸지만, 다시 만날 일은 딱히 없었다. 분위기에 휩쓸려 전화번호도 주고받았지만, 휴대폰을 바꾸면서 번호마저 삭제했다.

그리고 시간이 흘러 당시 나는 운영하던 사업을 정리하고 다시 취업을 해야 했다. 그때, 어떻게 안 것인지 그 형에게 전화가 왔다. 지인이 회사를 운영하고 있고, 사람을 뽑는데 그 자리에 나를 추천했다는 것이다. 그렇게 나는 형의 소개로 그 회사에 취업할 수 있게 되었다.

나중에 알게 된 사실이지만 내가 취업한 회사의 대표님과 형은 오래전부터 알고 지낸 사이였다. 대표님은 형의 능력 있고 성실한 모습에 좋은 조건으로 스카우트를 하려고 했다. 그런데 형은 그 자리에 자기보다 일도 잘하고 성실한 사람이 있다며 나를 추천했다.

나와는 그리 친한 사이가 아니었는데 그런 기회에 어떻게 나를 떠올리게 되었는지 궁금해졌다. 형은 내 친구에게 종종 나에 대한 좋은 이야기를 들어왔다고 했다. 그리고 나를 만났을 때도 좋은 인상을 받았고, 그런 이유로 나와 친해지고 싶다고 생각했다는 것이다. 정작 나는 소중하게 생각하지 않았던 인연이 나를 눈여겨보고 도움을 주었다. 그렇게 형과 나는 지금까지도 인연을 이어오며 형 동생 사이로 지내고 있다.

우리 주변에는 쓸모 있는 것과 쓸모없는 것이 존재한다. 그러나 그 '쓸모'라는 게 늘 우리가 예상한 대로 발현되지는 않는다. 쓸모 있다고 생각했지만 막상 쓸모가 없는 것도 있고, 쓸모없다고 생각한 것들이 중요한 순간에 제 역할을 해줄 때가 있다.

이는 앞에서 말했듯, 물건뿐 아니라 인간관계에도 해당한다. 물건은 필요할 때 언제든 살 수 있지만, 사람과의 관계는 그럴 수가 없다. 그래서 더더욱 신중하게 판단해야 한다. 물론 관계를 지속할수록 해가 되는 경우도 있다. 나의 자존감을 갉아먹고, 깎아내리기만 하는 사람과의 관계가 그렇다. 그런 사람이라면 당장이라도 끊어내야 한다. 하지만 한 번의 실수나 오해일 수도 있는 상황이라면 기회를 주는 자세도 필요하다고 생각한다. 소중한 것을 잃고 다시 찾는 일은 무척이나 어렵다. 그러므로 물건이든 사람이든 나에게 소중한 것을 잘 지켜나가기를 바란다.

주인공으로 살기

한때 우리나라 드라마들 사이에는 공통점이 있었다. 바로, '신데렐라 신드롬'이다. 신데렐라 신드롬이란 동화 속 신데렐라처럼 한순간에 백마 탄 왕자님을 만나 인생 역전을 맞이하는 것을 말한다. 모든 드라마가 그랬다는 것은 아니다. 하지만 많은 드라마에서 고난과 역경을 겪으며 살아가는 여주인공이 등장했다. 주인공은 가난한 삶을 살며 온갖 시련을 겪는다. 그러다 사랑하는 사람을 만난다. 사랑하는 사람은 당연히 능력도 있고, 돈도 많은 부자다. 그래서 주변의 반대에 부딪히게 되지만, 결국은 사랑을 쟁

취하며 해피 엔딩을 맞이한다. 이런 흐름의 이야기가 많았고, 나를 포함한 많은 사람에게 인기도 있었다.

시대에 따라 드라마도 달라진다. 최근 드라마의 여주인공은 수동적인 모습에서 능동적으로 변화하고 있다. 객체화된 대상이 아닌 주체적 인간으로 표현되며, 달라진 사회상을 반영하고 있다. 쉽게 말해 과거에 '신데렐라'가 대세였다면, 요즘에는 '잔 다르크'형이 자주 등장한다. 치열한 경쟁 속에서 여성이 강한 존재로 여겨지는 일도 다반사다. 남성의 의지에 따르기보다 자신이 주체적으로 판단하고 결정한다.

이처럼 드라마 속 여주인공의 모습이 우리가 사는 세상을 반영해 바뀐 것은 분명하다. 하지만 바뀌지 않는 것도 있다. 그것은 바로 어떤 상황에서도 자기 삶을 포기하지 않고 앞으로 나아간다는 것이다. 주인공들은 비록 그 끝이 새드 엔딩일지라도 삶의 주인이 되어 결과에 책임진다.

물론 드라마와 현실에는 차이가 있다. 드라마 속 주인공들은 사업에 쉽게 성공하기도 하고, 약속이라도 한 듯이 노력에 대한 보상을 받곤 한다. 또한, 주인공들이 결혼이라는 사랑의 결실을 맺으면 더 이상의 난관은 없는 것처럼 묘사되기도 한다. 그러나 현실은 어떠한가? 사업에 성공하는 사람보다 실패를 맛보는 사람이 훨씬 많다. 아무리 열심히 살아도 인정받지 못하고 보상받지 못하는 경우도 허다하다. 결혼한 부부 3쌍 중에서 1쌍은 가정 법원으로 향할 만큼 어려운 것이 결혼 생활이다. '인생은 시련의 연속'이라는 말처럼 꼬이고, 망하고, 억울한 일은 꼬리에 꼬리를 문다.

하지만 드라마처럼 쉽지 않다고, 드라마처럼 마냥 아름답지 않다고 인생을 포기할 수는 없다. 우리도 이제는 드라마 속 주인공처럼 살아야 한다. 고난과 시련 앞에 당당하게 맞서야 하고, 어떤 어려움도 이겨낼 수 있다는 용기를 가져야 한다. 이왕이면 단단한 마음과 긍정적인 생각으로 살아야 한다. 그래야 우리 삶도 드라마처럼 해피 엔딩으로 막을 내릴 수 있다.

우리도 우리 삶에서는 주인공이다. 드라마나 영화 속 주인공처럼 늘 멋지게만 살 수 없어도 말이다. 우리의 결말은 우리 손으로 쓸 수 있다. 좋은 엔딩은 우리의 몫이다. 그러니 자신의 드라마에 '빌런'이 아닌 멋진 주인공이 되어보자.

눈 오는 날

전날부터 내리던 눈이 세상을 온통 하얀 이불로 덮어놓았다. 창밖으로 바라보는 도심 속 설경은 너무나 아름다웠다. 나는 "우와!"라는 감탄사가 절로 나왔다. 출근 준비를 하는 동안에도 틈틈이 창밖을 바라보게 되었다. 새하얀 세상은 늘 똑같던 일상의 무료함을 달래주기에 충분했다. 나는 평소와는 조금 다른 마음으로 차를 타고 집 밖으로 빠져나왔다.

지하 주차장에서 나오니 어제와는 다른 출근길이 펼쳐

져 있었다. 여기저기 눈 내린 흔적이 고스란히 남아 있었다. 그리고 제설 작업을 안 했는지 미끄러운 도로 탓에 자동차들은 비틀거리고 있었다. 아찔한 광경은 여기저기 일어났다. 나도 운전해서 출근을 해야 했기 때문에 '저 많은 차가 목적지까지 안전하게 갈 수 있을까?' 하는 생각이 들었다.

나는 평소보다 30분이나 일찍 집을 나섰다. 어제부터 눈이 왔기 때문에 당연히 차가 막힐 거라고 예상했다. '30분이나 일찍 나왔으니까 지각하지는 않겠지.'라고 생각했다. 하지만, 30분으로는 어림도 없었다. 줄줄이 서 있는 차들은 하나같이 멈춰서 꿈쩍도 하지 않았다. 시간이 지날수록 점점 초조하고 화가 나기 시작했다. 아침에 일어나서 눈을 봤을 때는 그저 아름답고 설레기만 했는데, 이제는 눈이 좋게 보이지 않았다. 폭설로 인해 온 세상이 마비되었고, 도로도 함께 멈추었다.

우여곡절 끝에 점심시간이 되어서야 회사에 도착했다. 누구 하나 제시간에 출근한 직원은 없었고, 모두 두세 시간을 훌쩍 넘기고 나서야 겨우 출근했다. 회사에 오는 동안 어느 누구라도 답답한 마음이 들었을 것이다. 나 또한 그랬다. 하지만 시간이 지나면서 결국 포기하게 되고, 마음도 차분해졌다. 어쩔 수 없는 상황이라고 받아들이자 불편했던 마음도 조금씩 사그라들었다. 그리고 차분한 마음이 들자, 오디오 북을 들으면서 내리는 눈을 감상했다. 지금 돌이켜보면 그리 나쁘지만은 않은 출근길이었다.

하얀 눈에는 두 가지 마음이 담겨 있다. 누군가에게 눈 내리는 날은 아름답고 설렘이 가득한 날이다. 사람들이 크리스마스에 눈을 기다리는 것도 같은 이유이다. 특별한 날 눈이 내리면 더 아름답고 더 특별하게 느껴지기 때문이다. 또한, 어린아이들에게 눈 오는 날이란 신나는 날이다. 눈이 오면 눈사람을 만들고, 눈싸움도 하고, 눈썰매도 탈 수 있다.

하지만, 출근길의 나처럼 눈이 거슬리고 싫은 사람들도 분명히 있을 것이다. 눈이 와서 차나 도로가 더러워지기도 하고 신발이 젖기도 한다. 또 눈 때문에 차가 막혀 약속에 늦기도 하고 맑은 날보다 사고의 위험도 커진다.

이처럼 '눈'이라는 똑같은 상황을 다르게 느끼는 것은, 바라보는 사람의 마음가짐이 다르기 때문이다. 우리 마음은 처한 상황이나 주변의 환경의 영향을 받기 쉽다. 어린 아이들은 눈을 가지고 놀 '놀잇감'이라고 생각하기 때문에 마냥 좋은 것이다. 하지만 어른이 된 우리는 더러워져서 치워야 하고, 위험할 수도 있다고 생각하기 때문에 인상이 찌푸려지는 것이다.

　조금씩만 마음의 문을 열어보자. 그리고 조금만 다른 시각을 가져보자. 눈 때문에 지각을 하게 되자 짜증이 났지만, 눈이 와서 설레는 아침을 맞이할 수 있었던 것처럼. 눈 때문에 차에 갇혀 있을 때도 마음을 편하게 먹으니 낭만이 찾아온 것처럼 말이다. 눈이 내리지 않는 지역에 사는 아이들은 눈을 보는 게 소원일 정도로 눈을 기다린다. 우리에게는 너무 익숙하고 당연한 일상들이 누군가에는 특별한 행복일지도 모른다. 부정적인 시각에서 벗어나면 우리가 가진 것을 더 온전히 누리며 살아갈 수 있다.

잠은 편안하게

잠이 보약이라는 말이 있다. 사람들은 하루에 평균 7~8시간 정도 잠을 잔다. 달리 말하면 인간은 인생의 '3분의 1'이라는 긴 시간을 자는 데에 사용하는 것이다. 이처럼 삶을 영위하기 위해서는 충분한 숙면이 필수적이다. 괜히 잠이 보약인 게 아니다. 만약에 잠을 자는 시간이 충분하지 않거나 수면의 질이 떨어진다면 어떻게 될까? 우리 일상에 큰 문제가 일어나게 된다. 능률이 저하되는 것은 물론이고, 평범한 하루를 보내기도 어려워진다. 당연히 건강을 잃을 가능성도 커진다.

잠을 푹 자야 다음 날 좋은 컨디션으로 하루를 보낼 수 있다는 것은 누구나 아는 사실이다. 하지만, 가끔은 웹툰이나 드라마에 빠져 밤새 정주행하는 날이 있다. 날 새는 줄 모르고 술을 마시며 노는 날도 있다. 학창 시절에는 친구들과 밤새 떠들고 한숨도 못 자는 날도 있었다. 물론 다음 날에는 여지없이 피곤함을 호소하고, 반쯤 눈이 감긴 채 하루를 보내야 했다. 가끔가다 그런 일탈을 즐기는 것도 좋지만, 지금은 몸을 생각해서 최대한 그러지 말아야겠다는 생각이 든다.

나는 한때 불면증으로 고생한 적이 있다. 병원에 다니기 전에는 원인도 알지 못한 채, 거의 매일 밤을 뜬눈으로 지새워야 했다. 아침 5시가 넘어서야 겨우 잠이 들었고, 그 때문에 직장 생활도 순탄하지 않았다. 번번이 지각하는 건 물론이고 능률도 떨어져 성과를 내기 힘들었다. 무언가를 하려는 의욕이나 의지 또한 사라졌다. 나는 그렇게 무능력한 직원이 되었다.

수면 부족으로 인한 피로감과 무력감은 늘 나를 따라다녔다. 그러다 보니 자연스레 우울증이 찾아왔고 먹는 것도, 노는 것도, 사는 것도 즐겁지 않았다. 기껏해야 잠을 좀 못 잔 것뿐인데 내 일상은 완전히 무너지고 있었다. 그만큼 인간에게 잠은 매우 중요하다. 결국 나는 '사람이 이렇게 형편없이 망가질 수 있구나.'라는 생각이 들 때쯤 병원에 다니기 시작했다. 병원에서는 불면증 치료와 심리 상담 치료를 병행하게 되었다. 안정제와 수면제를 처방받아 복용하는 날에는 잠을 잘 수 있었다. 하지만 약을 먹지 않은 날에는 여전히 잠이 오지 않았고, 약 기운에 자는 날도 그리 개운하진 않았다. 무력감이나 우울증도 나아지지 않았다.

치료를 받는 일 외에도 다른 방법을 찾아야만 했다. 인터넷을 뒤적거리다 한 가지 방법을 발견했다. 그것은 바로 '명상'이었다. 나는 매일 밤 잠들기 30분 전에 명상을 하기 시작했다. 명상 시간에는 눈을 감고 고요한 음악에 귀를 기울인다. 머릿속을 가득 채우고 있던 고민거리들을 하나씩 되짚어 본다. 그러자, 신기한 일이 생겼다. 거짓말처럼 머리가 맑아졌다. 가득했던 고민 대신 긍정적인 생각이 떠올랐다. 효과는 이뿐만이 아니었다. 꾸준히 명상을 하자 불면증도 사라졌다. 차츰차츰 숙면을 취하게 되었고, 내 일상에도 평화가 찾아왔다.

사람들이 생각하는 편안한 숙면을 위한 준비물들이 있다. 푹신한 침대, 포근한 이불, 아로마 향, 빛을 차단하는 수면 안대나 암막 커튼 등. 물론 이런 것도 도움이 될 수 있다. 하지만 가장 중요한 것은 '생각을 정리하는 것'이다. 아무리 좋은 환경을 만들어도 불안한 생각이 가득하거나 머리가 복잡하다면 의미가 없다. 생각이 생각을 불러오기 때문에 편안한 숙면은 어려워진다. 그래서 복잡한 생각이 가득하다면 잠들기 전에 명상하는 것을 추천한다. 가벼운 산책이나 운동을 하는 등 머리를 비우고 마음의 안정을 찾는 방법이라면 무엇이든 좋다.

마지막으로, 잠 못 드는 밤에 익숙해지지 말아야 한다. 어떤 방법이든 자신에게 잘 맞는 방법을 찾아서 숙면을 포기하지 말자. 그리고, 기억해라. 당신이 편안한 잠자리에 들기를 응원하는 사람이 있다는 것을. 나는 당신이 행복한 꿈나라로 가기를 언제나 응원한다.

식물이 주는 긍정적인 영향

따스한 봄 햇살이 가득한 주말이었다. 여느 주말과 다름 없이 책을 읽다가 문득 바깥을 보았다. 바깥 날씨는 집에 만 있는 것이 아쉬울 정도로 좋았다. 바깥 공기도 쐬고, 산 책도 할 겸 집을 나섰다. 가까운 공원에 가려고 발걸음을 옮기는데, 어디선가 향긋한 꽃향기가 났다. 나도 모르게 꽃향기를 따라 걸었다. 이내 멈춰 선 곳은 '세상에서 가장 아름다운 꽃집'이라는 간판이 걸린 화원이었다. 평소 같았 다면 그냥 지나쳤겠지만, 그날따라 유난히 활짝 핀 꽃들 에 시선이 향했다. 꽃을 한참 둘러보다가 결국 히아신스와

싱고니움, 그리고 파키라까지 사게 되었다. 하얀색 화분에 분갈이를 마친 후에 집으로 돌아왔다.

잠시 바깥바람을 쐬러 나선 길이었는데, 화분을 3개나 사서 돌아오고야 말았다. 갑자기 헛웃음이 나왔다. 잘한 짓인가 싶었다. 나는 그동안 한 번도 식물을 잘 키워본 적이 없었기 때문이다. 열심히 물을 주면 물이 많아서 뿌리가 썩었고, 반대로 적게 주면 부족해서 말라비틀어졌다. 나 나름대로 열심히 한다고 했는데 늘 결과가 좋지 않았다. 참으로 까탈스러운 생명이었다.

이런저런 생각을 하다 바닥에 내려놓은 식물들을 가만히 쳐다보았다. 식물을 보고 있으니 일단 기분은 좋았다. 마음도 한결 편안해졌다. 식물들을 햇볕이 잘 드는 창가 자리에 두고, 물도 조금씩 뿌려주었다. 이번에야말로 절대 죽이지 않고 잘 키우리라 다짐했다. 아니, 제대로 기를 수 있을 것 같았다. 세상에서 가장 아름다운 꽃집의 주인아주머니에게 식물을 절대로 죽이지 않는 '비법'을 배워왔기 때문이었다. 꽃집 주인아주머니는 무려 30년이 넘게 식물을 다뤄온 전문가였다. 식물을 죽이지 않는 비법은 이러했다(비밀이라고 하기엔 너무 당연한 방법이었지만).

〈식물을 잘 기르는 비법〉

1. 손가락으로 흙을 찔러보고,

   흙이 말라 있다면 반드시 물을 줄 것!
2. 매일 혹은 길어도 적당한 바람과 햇볕을 쬘 것!

생각보다 너무나 쉬운 비밀이었다. 그동안 내 손에서 죽어간 식물들에게 미안할 정도였다. 이렇게 쉬운 방법이 있는데 제대로 길러보지 못한 것이 안타까웠다. 다행히 지금 식물들은 주인아주머니의 비법 덕분인지 시들지 않고 우리 집을 지키고 있다.

우리 집에 식물을 들여놓고 나에게 몇 가지 좋은 점이 생겼다. 우선, 마음이 따뜻해졌다. 혼자 사는 집이라 온기라고는 찾아볼 수 없었는데 식물을 통해 생명이 주는 온기가 생겼다. 그리고 눈이 맑아지는 느낌이 든다. 싱그러운 식물들을 보고 있으면 눈이 편안하다. 이 밖에 책을 읽을 때나 명상을 할 때도 화분 근처에서 하면 더 집중이 잘 되는 효과가 있었다. 무엇보다 가장 좋은 점은 집 안에서 향기가 나기 시작했다. 히아신스의 꽃향기는 무척이나 진하고 향긋했다. 꽃향기를 맡으면 힘이 난다던 '꼬마 자동차 붕붕'처럼, 꽃향기는 나에게도 큰 힘이 되어 주었다.

식물처럼 작더라도 생명이 있는 것에는 힘이 있다. 우리가 나무나 숲 같은 자연을 보고 치유되는 것도 비슷한 이유일 것이다. 식물은 내게 때론 친구이기도, 때론 안식처이기도 했다. 벌써 화분을 사서 집으로 온 지 2년이 넘었다. 지금까지 잘 커 주어서 너무 행복하고 고맙다.

내가 느낀 식물의 힘을 많은 사람이 경험했으면 좋겠다. 식물을 키우는 것이 부담스럽다면 길에서 식물을 만나는 방법도 있다. 길을 걷다 들꽃을 만나면 그냥 지나치지 말고 잠시라도 그 아름다움을 느껴보길 바란다. 그 작은 생명이 당신에게 주는 힘은 절대 작지 않을 것이다. 만약 이미 주변에 식물이 있다면, 사랑과 애정을 담아 관심을 가져보자. 대수롭지 않게 여기던 것에서 좋은 기운을 받을 수도 있다. 식물이 주는 긍정적인 영향으로 하루하루가 즐겁게 변화할지도 모른다.

주는 마음과 받는 마음

어린 시절 세상에서 가장 행복한 날은 생일날이었다. 이유는 말하지 않아도 알 것이라고 생각한다. 생일은 내가 갖고 싶어 했던 장난감을 가질 수 있는 날이었기 때문이다. 평소 부모님은 아무리 떼를 써도 사줄까 말까 했지만, 생일날만큼은 내가 원하는 장난감을 사주셨다. 그래서 생일이 오기 일주일 전부터 가슴이 뛰곤 했었다.

그리고 두 번째 날은 크리스마스였다. 지금은 어른이 되었기 때문에 누가 선물을 가져다 놓았는지 알게 되었지만,

동심으로 가득했던 어린 시절에는 정말로 산타클로스 할아버지가 배달해주는 줄 알았다. 생일날 받는 선물과 다른 점이 있다면, 선물을 고를 수 없다는 점이었다. 비록 내가 원하는 장난감은 아니었지만 그래도 행복했다. 산타클로스 할아버지가 나를 위해 고른 선물들도 꽤 마음에 들었었다.

마지막으로 좋아했던 날은 설날이었다. 설날이 되면, 아침에 눈을 뜨자마자 한복으로 갈아입었다. 그리고 부모님에게 세배를 드리면서 그날의 일정이 시작되었다. 나와 형은 지도 한 장을 들고 집을 나섰다. 그 지도는 바로 세뱃돈 순례 지도였다. 지도에는 가장 큰 어른인 할아버지, 할머니 댁을 시작으로 큰아버지, 고모, 삼촌, 이모 집까지 그려져 있었다. 지도를 따라 모두 세배를 드리고 나면 돼지 저금통이 빵빵해졌다. 그날 하루는 종일 세배를 하느라 힘들기도 했지만 정말 행복했다. 그 이유는 다음 날이면 문구점에 가서 사고 싶은 물건을 살 수 있었기 때문이다. 이처럼 어린 나에게 일 년에 3일만큼은 정말 행복한 날들이었다.

나이가 들고 어른이 되면서 그날들에 대한 행복은 사그

라들었다. 생일은 물론 설날이나 크리스마스가 되면, 돈 나갈 일에 걱정이 앞선다. 아이들이 이 글을 읽는다면 '어른들은 생일날이 기쁘지 않은가?' 생각할 수 있겠지만, 꼭 그런 것만은 아니니 오해는 하지 않았으면 좋겠다. 어릴 때는 받는 즐거움만 있었고, 주는 즐거움은 없었다. 어머니가 내 장난감을 동네 동생들에게 나눠주는 게 제일 싫었다. 당시에 이미 가지고 놀지도 않고 구석에 처박아 두는 장난감들도 있었지만, 왠지 '내 것'을 뺏기는 기분이 들었다. 그래서 심술을 부리고 아까워했다. 그만큼 주는 것에 대한 행복을 알지 못했다.

나이가 들고 이제는 주는 즐거움과 행복을 알게 되었다. 나는 인생에서 경제적, 심적으로 가장 힘들었던 시기에 자원봉사를 시작하게 되었다. 시작은 가까운 지인의 권유였다. 어느 날, 지인은 나에게 말했다. "네가 세상에서 가장 힘들고 어렵다고 생각하지? 하지만 절대 그렇지 않아! 네가 알지 못하는 세상에는 너보다 훨씬 어렵고 힘들어도 열심히 살아가는 사람들이 있어." 그 말과 함께 봉사활동을 한 번 해보라는 추천을 했다.

당시 나는 지인의 말이 듣기 싫었다. 정확히 말하면 귀에 들어오지 않았다. "제가 그럴 처지는 아닌 것 같아요. 남을 도울 만한 마음의 여유가 없어요." 소리를 지르듯 말하고, 자리를 박차고 일어나 집으로 돌아왔다. 하지만 지인이 했던 말이 며칠 동안이나 머릿속을 맴돌았다. 잊어버리려 해도 자꾸만 신경이 쓰였다.

며칠 뒤, 지인에게 전화를 걸어 봉사를 해보고 싶다고 말했다. 그리고 나는 그의 추천으로 화성시 자원봉사협회에 가입하게 되었다. 내가 처음으로 봉사하게 된 곳은 '제암리3.1운동순국기념관'이었다. 입구에서 체온을 검사하고 명단을 작성하는 간단한 일이었다. 봉사를 끝내고 집으로 돌아오는 길에 뭔가 모를 묘한 기분이 들었다. 그리고 집에 오자마자 내가 운영하는 블로그에 오늘 봉사한 일을 글로 남겼다. 그러자 기대하지 않았던 칭찬과 응원의 메시지가 쏟아졌다. 그제야 뿌듯하고 보람찬 감정이 밀려왔다. 엄청나게 큰일을 한 건 아니었지만, 봉사활동을 했다는 것만으로도 값진 시간이었고, 의미가 있었다. 내가 누군가를 도울 수 있는 것이 얼마나 기쁘고, 가치가 있는 일인지 조금은 알게 되었다. 그 봉사활동을 계기로 나는 큰 용기를 얻게 되었다.

지금도 자주는 아니지만, 시간이 날 때마다 자원봉사를 다니고 있다. 그리고 큰돈은 아니지만 다달이 기부도 하고 있다. 어린 나에게 받는 즐거움만 있었다면, 지금 나에게는 주는 즐거움이 생겼다. 주는 마음에는 보람과 행복이 있고, 세상을 살아가는 데 필요한 희망이 담겨 있다.

만약 지금 누군가 힘들고 괴로운 순간이라면, 작은 봉사라도 해보라고 권하고 싶다. 남을 도와주려고 시작한 일에서 내가 더 많은 도움을 받을 수 있기 때문이다. 정말 작고 소소한 봉사라도 괜찮다. 주는 즐거움을 느끼기 위해서 꼭 물질적인 무언가를 베풀어야 하는 것은 아니다. 자신이 가지고 있는 재능을 기부하는 것도 좋고, 일상에서 작은 양보나 배려를 행하는 것도 좋다. 상대방을 칭찬해주고, 힘든 사람들에게 위로를 건네는 것, 어깨를 토닥여주는 것도 좋은 방법이다. 많은 사람이 주는 마음, 받는 마음 모두 즐겁다는 것을 알았으면 좋겠다.

힘들수록 자신을 소중히

삶이 힘들면 힘들수록 자신이 한심스럽고, 왜 이렇게 살았나 싶은 생각이 들기도 한다. 지난날의 실수나 실패가 후회로 남아 스스로 자책하고 화를 내기도 하는데, 그렇다고 해서 바뀌는 것은 없다. 오히려 자신감만 잃게 되고, 자책하는 습관이 생기게 된다. 이는 과거에 얽매여 현재를 망치게 되는 꼴이다. 그러므로 아무리 잘나지 못한 나일지라도 자신을 소중히 여기고, 아끼며, 사랑해주어야 한다.

모든 일을 완벽하게 할 수 없는 것이 인간이다. 어떤 일은 서툴 수 있고, 자신과 맞지 않을 수도 있다. 살다 보면 잘하는 일을 만나기도 하고, 잘하지 못하던 일도 차츰차츰 나아지기도 한다. 모든 일에는 성공과 실패가 따른다. 하지만, 실패했다고 자책하거나 좌절할 필요는 없다. 모든 일에 완벽해지려고 하는 생각을 버려야 한다. 할 수 있는 만큼 최선을 다했다면 그걸로 족하다.

당신이 잘할 수 있는 일이나 좋아하는 일에 공을 들이고, 그 일을 즐겼으면 좋겠다. 그리고 어떤 상황에서도 자신을 격려하고 칭찬해주는 사람이 되자. 남을 소중히 여기고 사랑할 수 있는 사람은 자신도 소중히 여기고 사랑할 수 있는 사람이다. 다만, 남을 소중히 여기는 것은 당연하게 생각하지만 자신에게는 아량을 베푸는 연습이 되어 있지 않을 뿐이다.

고기도 먹어본 사람이 고기 맛을 안다는 말이 있다. 자신을 사랑하는 일도 마찬가지다. 누군가를 사랑하는 연습을 하다 보면 나도, 다른 이도 더 쉽게 사랑할 수 있게 된다. 그러니 자신에게 조금 더 관대해지고, 원망 대신 칭찬을 해주자. 한 번뿐인 인생, 이만하면 잘 살고 있다고 스스로에게 말해주었으면 좋겠다.

또한, 삶이 아무리 고달프더라도 너무 힘들어하지 않았으면 좋겠다. 우리는 세상이 절망으로 가득 차 있어도, 서로를 믿고 의지하며 희망의 내일을 꿈꾸어야 한다. 어렵더라도 좌절하지 않고 희망의 꿈을 갖는다면, 멋진 내일이 기다리고 있을지 모른다. 자신이 가지고 있는 꿈을 스스로 응원하기를, 모든 어려움을 이겨낼 수 있기를 바란다.

2장

**용기 있는
선택으로
용기 있는 삶을**

끈기 있는 태도

어린 시절에는 가까운 거리를 다닐 때 주로 자전거를 이용했었다. 물론 초등학교를 막 입학한 저학년 때는 체구가 작아 자전거를 타는 친구가 많지는 않았다. 그러다가 고학년이 되면 자전거를 타고 다니는 친구가 많아졌다. 내가 초등학교 3학년이 되었을 때, 같은 반 친구 중 한 명이 반에서 가장 먼저 자전거를 타기 시작했다. 친구의 집은 학교에서 꽤 멀었기 때문에 부모님께서 자전거를 선물로 사주신 것이었다.

자전거를 타고 다니는 친구가 어찌나 부러웠던지 나도 자전거를 타고 싶다는 생각이 들기 시작했다. 고학년 형들이나 자전거를 탈 수 있다고 생각하다가 같은 반 친구가 타는 모습을 보니 너무 부러웠다. 자전거를 타던 친구는 단숨에 우리 반 아이들의 우상이 되었다. 그리고 나는 친구처럼 멋지게 자전거를 타는 내 모습을 상상하기 시작했다.

결국 3학년 겨울 방학이 되었을 때, 형에게 자전거를 가르쳐달라고 부탁했다. 그런데 형은 나의 간절한 부탁에도 단칼에 안 된다며 거절했다. 그런 형이 너무나 밉고 원망스러웠다. 그렇지만 부탁할 만한 사람이 형밖에 없었기 때문에 집요하게 따라다니며 귀찮게 굴었다. 방학 내내 형이 가는 곳을 쫓아다녔다. 형이 친구를 만날 때도, 방학 숙제를 할 때도 말이다. 결과는 실패였다. 형은 꿈쩍도 하지 않았다.

그러다 나는 기가 막힌 방법을 생각해냈다. 그리고 아주 은밀하게 계획을 세웠다. 이번 계획은 어쩌면 장기전이 될지 몰랐지만, 내가 할 수 있는 최선의 방법이었다. 그 계획은 다름 아닌 어머니를 귀찮게 하는 것이었다. 방학 동안 형을 귀찮게 했던 것처럼 온종일 어머니를 따라다녔다. 그리고 자전거를 제외한 그 어떤 이야기도 하지 않았다. 아침에 눈을 뜸과 동시에 자전거 이야기로 하루를 시작했다. 그리고 밤에 잠들기 직전까지 어머니에게 온 동네에 자전거를 타는 사람들의 이야기를 꺼냈다. 하지만 어머니는 아무런 대답도, 반응도 하지 않으셨다. 어머니의 평온한 대처에 시간이 지날수록 내 마음은 점점 더 조급해졌다.

결국 비장의 카드를 써야 할 때가 오고야 말았다. 이것만은 정말 쓰지 않기를 바랐지만, 어쩔 도리가 없었다. 저녁 식사를 하기 위해 모두가 한자리에 모여 앉아 있을 때였다. 나는 아버지와 어머니의 눈치를 살피며 이야기를 꺼냈다. 밥을 먹는 동안에 몇 번이나 곱씹었던 문장 하나. 아주 짧으면서 귀에 쏙 들어올 그 문장을 내뱉기 위해 엄청나게 머리를 굴렸다. 결국 완벽한 하나의 문장으로 완성했다. 그리고 용기를 내어 부모님에게 말씀드렸다. "아버지 어머니, 저 열심히 공부해서 성적 올릴 테니까 형에게 자전거 배울 수 있게 해주세요."

아버지는 내 말이 끝나기가 무섭게 안 된다고 하셨다. 아마 자전거를 타기엔 내가 너무 어려서 위험하다고 생각하셨던 것 같다. 꾹 참고 있었던 서러움의 눈물이 한꺼번에 쏟아졌다. 그런 나의 모습을 지켜보던 어머니는 아버지를 모시고 안방으로 들어가셨고, 결국 긴 설득 끝에 어머니의 승리로 끝이 났다. 부모님은 형을 불러 내게 자전거를 가르쳐주라고 말씀하셨다. 부모님이 말씀하셔서 그런지 형도 순순히 고개를 끄덕였다. 길고 긴 투쟁 끝에 드디어 소원이 이루어졌다. 정말 날아갈 듯이 기뻤다.

　나는 그렇게 자전거를 배우게 되었지만, 조건이 있었다. 그 조건은 4학년 때 성적을 올려야 한다는 것이었다. 그리고 4학년 성적이 좋으면, 5학년으로 올라갈 때 '나만의' 자전거를 사주신다고 했다. 나는 4학년 내내 열심히 공부를 했고, 그 결과 5학년이 되었을 때 자전거를 선물 받을 수 있었다. 태어나서 처음으로 나의 자전거가 생기던 날이었다. 그 순간이 너무 행복했기 때문에 여전히 좋은 추억으로 간직하고 있다.

　원하는 것이 있다면, 그것을 얻기 위해 끈질기게 버티는 끈기가 필요하다. 어린 시절 그토록 바라던 자전거를 얻기 위해 최선을 다했던 마음은 아직도 가슴 어딘가에 남아 있다. 나는 그런 마음 때문에 목표를 향해 달려갈 수 있는 것이라 확신한다. 나폴레옹은 "승리는 가장 끈기 있는 자에게 돌아간다."라고 말했다. 나폴레옹의 말처럼 무엇이든 원하는 것이 있다면 용기 있게 시작하고, 끈기 있게 노력해야 한다. 꿈과 목표를 이루게 만드는 것은 오직 자신이 오늘을 얼마나 끈기 있게 보냈는지에 달려 있다. 우리에게 끈기 있게 나아갈 수 있는 무한한 힘이 있었으면 좋겠다. 끈기 있다는 것은 어떠한 일도 끝까지 할 수 있다는 의지이자 희망이다.

할머니 집으로 가는 길

초등학교 6학년 겨울 방학, 외할머니 집에 놀러 간 적이 있었다. 형과 나는 어머니가 챙겨주신 갖가지 반찬을 들고 고속버스를 탔다. 외할머니 집은 광주에 있는 한적한 시골 마을이라 버스에서 내려서도 한참을 걸어가야 했다. 그날은 눈이 많이 내린 탓에 할머니 집으로 가는 길이 유난히 험난했다. 진흙 길은 미끄러웠고, 질퍽질퍽했다. 형과 나는 미끄럽고 질퍽한 길을 눈앞에 두고 한참을 망설였다. 깨끗한 운동화에 더러운 흙이 묻을 것만 같았고, 여차하면 넘어져서 다칠 것 같아 무서웠기 때문이었다. 그 당시 중학생이었던 형은 긴 다리로 성큼성큼 걸어갔다. 아마 형도 겁이 나서 더 빨리 뛰었던 것 같다. 반면에 나는 키가 작은 데다가 말라서 힘이 없었다. 형이 잡아주지 않으면 질퍽한 진흙땅에 빠져버릴 것만 같아 도저히 발을 뗄 엄두가 나지 않았다.

하지만 그곳에서 날을 샐 수는 없는 노릇이었다. 결국 어쩔 수 없이 최대한 조심스럽게 한 발 한 발 내디뎠다. 서너 발자국쯤 뗐을 때, 질퍽한 웅덩이에 오른발이 쑥 빠져서 그 자리에 주저앉고 말았다. 하얀색 운동화는 진흙 때문에 엉망이 되었고, 몸에도 차가운 흙이 묻어 점점 추워졌다. 흙덩이가 통째로 달라붙어 있던 바지는 무거워졌고, 나도 모르게 눈물이 펑펑 쏟아졌다. 앞서가던 형이 나를 돌아보고 잠시 머뭇거렸다. 그러다 내가 있는 곳까지 돌아와서 나를 끌어당겨 업어주었다. 나는 못이기는 척 형에게 업혀서 할머니 집까지 무사히 갈 수 있었다. 그때 형의 등은 무척이나 넓고 따뜻했다.

형의 옷에도 진흙이 잔뜩 묻어 엉망이었는데 형은 별일 아니라는 듯이 나를 안심시켜 주었다. 그날 나는 형이 아니었다면 그 길을 건너지 못했을 것이다. 형은 자신도 불편하고 무서운 상황이었지만, 겁먹은 동생을 위해 용기 있는 선택을 했다. 형의 도움 덕분에 겁이 나더라도 용기를 내야 하는 순간이 있다는 것을 배웠다.

살다 보면 뜻하지 않게 곤경에 처하거나 난관에 봉착하게 될 때가 있다. 이걸 어떻게 해야 하나 싶고, 여기가 끝인가 싶기도 하고, 마치 세상이 무너져 버릴 것 같은 느낌이 들 때도 있다. 하지만 돌아보면 세상이 무너질 것 같았던 그 순간도 삶의 과정이고, 나의 일부분이 된다. 실수가 모여 세월이 되고, 고민이 쌓여 지혜가 되고, 좌절이 모여 결국은 희망이 된다.

그러니 겁이 나고 무서운 일이 닥쳐도, 용기를 내어 이겨보자. 우리에게는 두려움을 이겨낼 수 있는 용기가 있다. 용기는 오로지 용기 낸 자의 것이다. 용기는 당신 마음에 있을 수도 있고, 당신을 믿고 지지하는 누군가에게 받을 수도 있다. 당신의 용기 있는 행동은 또 다른 누군가에게 용기를 가져다줄 수 있다. 마치 어린 시절 형의 용기 있는 모습에 나도 용기를 낸 것처럼 말이다.

자신감을 가지고 당당하게

누군가 큰일을 앞두고 있거나 용기가 필요할 때, 흔히들 "자신감을 가져.", "자신감 있게 행동해."라며 상대를 응원한다. 자신감은 당당하고 파이팅 넘치는 모습이라고 생각한다. 또한 자신감은 어떠한 일을 잘할 수 있다는 자신에 대한 믿음이다. 예를 들어, 운동선수에게 자신감의 정도는 경기 수준에 대한 가장 좋은 예측 수단이 된다. 승패에 대해서 자신이 가지는 느낌이나 심상이 자신의 실력과 연결되기 때문이다. 따라서 어떤 결과를 이루는 데에 요구되는 행위를 성공적으로 수행할 수 있다는 확신이라고 말할 수 있다. 그러므로 어떤 일이든 시작할 때 자신감을 갖는 것은 매우 중요하다.

앞서 말했듯이 나는 어릴 때 작고 가냘픈 체구를 가지고 있었다. 누군가와 부딪히기라도 하면 여지없이 넘어지곤 했었다. 그래서 항상 조심해야 했고, 그런 나의 모습이 늘 콤플렉스였다. 다행히 초등학생 때는 괴롭히는 친구가 없어 별 어려움 없이 학교에 다녔다. 하지만 중학교는 달랐다. 동네 형들도 나에게 약한 모습을 보이지 말라고 충고해주었다. 그래서 어떻게 하면 약해 보이지 않을까 고민했다.

중학교에 진학한 첫날, 대부분의 친구들은 나보다 키도 컸고, 덩치도 듬직했다. 친구들과 친해지고 싶었지만, 다가가기가 쉽지만은 않았다. 하지만 긴장되고 떨리는 마음을 진정하려 애써 노력했다. 나는 자신감을 가지고 천천히 친구들에게 말을 걸었다. 내가 비록 또래에 비해 작은 키에 마른 체형이지만, 내가 가진 장점으로 잘 어울릴 수 있을 것이라 믿었다. 그렇게 자신감 있는 태도로 친구들을 대하니 걱정했던 것처럼 나를 얕보거나 만만하게 생각하지 않았다.

'나'라는 사람은 똑같았지만 자신감 있는 모습만으로 좋은 결과를 만들어낸 것이다(물론 두꺼운 옷을 입어 몸집을 좀 부풀리긴 했다). 나는 여러 친구와 두루 잘 지냈고, 말과 행동에 자신감이 생겨 기죽지 않고 즐거운 학교생활을 하게 되었다.

자신감 있는 태도로 누군가의 호감을 사거나 좋은 결과를 내야 하는 경우가 있다. 면접을 앞둔 취준생, 경연대회를 앞둔 지망생, 프레젠테이션 발표를 앞둔 회사원, 경기를 앞둔 선수 등. 이들뿐 아니라 많은 사람이 자신감을 가지고 살았으면 좋겠다. 당신은 충분히 자신감을 가지고 살아도 된다고 이야기해주고 싶다.

그렇다면 어떻게 해야 자신감을 키울 수 있을까? 자신감을 키울 수 있는 몇 가지 방법이 있다. 첫째, 외모를 가꾸는 것이다. 여기서 말하는 외모 가꾸기는 단지 예쁘고 잘생겨 보이기 위해 노력하라는 뜻이 아니다. 매일매일 시간을 들여 위생과 청결에 신경을 쓰라는 것이다. 자신을 위해 몸가짐을 깨끗하게 하고 단정한 모습을 유지하는 것은 매우 중요한 과정이다. 이런 과정은 내가 나를 챙긴다는 점에서 자신감을 키우기에 좋고, 남들에게도 좋은 인상을 줄 수 있다. 남들에게 깔끔한 인상을 주어 스스로 자신에 대한 긍정적인 평가를 하게 만들고, 자신감을 키우는 일에 도움이 된다.

둘째, 바른 자세를 유지하는 것이다. 자신을 어떻게 전달하느냐는 자세와도 관련이 있다고 생각한다. 먼저 자세로 상대방에게 내가 자신감이 있는 사람이라는 것을 확실히 보여주어야 한다. 어깨를 펴고 등을 똑바로 세우자. 걸을 때는 활기차게 걷고, 앉을 때는 바른 자세로 앉아야 한다. 바른 자세에 바른 정신이 깃드는 법이다.

셋째, 미소를 짓는 것이다. 우리는 가벼운 미소를 유지하도록 노력해야 한다. 미소는 모든 사람을 편안하게 하고, 좋은 인간관계를 만들뿐 아니라 어떠한 상황에서도 유리한 조건을 가지게 한다. 누군가가 찡그린 얼굴로 다가오는 것을 원하는 사람은 아마 없을 것이다. 그렇다고 가식적으로 웃으라는 말이 아니다. 정말 행복하거나 기분 좋은 일을 떠올리면 조금은 쉬워질 것이다.

넷째, 시선을 맞추는 것이다. 미묘한 변화이지만, 다른 사람들이 당신을 받아들이는 과정에서 놀라운 효과를 볼 수 있다. 누군가를 응시하는 것을 두려워하지 말아야 한다. 눈 맞춤은 당신이 의사소통을 할 만한 가치가 있는 사람이라고 표현하는 일이다. 더불어 상대방을 존중하고 대화에 흥미가 있다는 것을 나타내기도 한다. 무례한 사람이 되고 싶지 않다면 상대에게 시선을 맞춰야 하는 것은 물론이고, 자신감을 보여줄 좋은 방법이기도 하다.

많은 사람이 자신감 문제로 힘들어한다는 사실을 기억해야 한다. 인간은 누구나 세상의 기준과 자신을 비교하면서 자신감을 잃어간다. 자신감이 없다는 이유로 자신을 탓하고 더더욱 자신감을 잃을 필요가 전혀 없다는 말이다. 자신감이 부족하다면 자신감을 키우는 연습을 하면 된다.

잘하고 싶었던 일에 조금씩 실력을 키워보자. 예를 들어, 관심이 있는 취미 활동이나 스포츠 등 배우고 싶은 어떤 분야도 좋다. 잘하고 싶은 분야에 대한 능력을 향상할 때, 자신감도 함께 높아진다. 독서나 산책, 등산, 요리, 외국어, 미술, 음악 같은 흥미가 있는 무엇이든 시작해보자. 마지막으로, 다른 사람들을 도와보자. 남을 돕는 것만으로 자신감이 생기는 것을 느낄 수 있다. 다른 사람을 돕는 것은 그들의 하루를 밝게 만들 수 있고, 자기 스스로에 대해 더 좋은 평가를 하게 만든다.

사람들에게 진정한 당신을 보여주는 것을 두려워하지 말아라. 당신을 좋아하지 않는 사람에게도 자신감 있게, 진실하게 다가가자. 자신감은 당신을 더욱더 빛나게 만들어줄 것이다.

걱정은 그만하고 뭐라도 하자

군인 시절에 거제도를 여행한 적이 있다. 시작은 군대에서 친했던 동기 중에 거제도가 고향인 친구가 있었기 때문이었다. 나를 포함한 동기 몇 명이 그 친구의 집으로 휴가를 떠나기로 했다. 다 함께 정기휴가를 맞춰 여행을 가기로 했지만, 거제도에 살던 친구만 일정이 어긋나 3일 정도 늦게 출발하게 되었다. 거제도에 아무런 연고도 없던 우리는 그렇게 거제도행 배를 타고 여행길에 나섰다. 사실 나는 아주 빠듯한 여행 경비를 가지고 있었다. 당시 군인 월급은 적었고, 그나마 그 돈을 아끼고 아껴 모은 6만 원이 전부였다. 다른 동기들의 사정도 비슷했다. 그렇지만 우리는 크게 걱정하지는 않았다. 거제도에 부모님이 사는 친구가 있었기 때문이었다.

하지만 막상 그 친구 없이 거제도에 도착하니 어떻게 해야 할지 막막하기만 했다. 일단 3명이 돈을 모았고, 다시 부대로 되돌아갈 교통비를 제외하고 나니 12만 원이 남았다. 우리의 휴가 기간은 7박 8일이었다. 거제도에 사는 동기가 오기 전까지 3일을 버텨야 했기 때문에 가장 저렴한 민박집에 묵게 되었다. 우리는 가까운 슈퍼에 들러 라면 두 상자와 생수, 그리고 술을 사고 민박집으로 향했다.

그렇게 휴가 첫날을 거제도 민박집에서 군대 동기들과 함께 보냈다. 다음날부터는 거제도 이곳저곳을 구경하면서 친구를 기다렸다. 3일째 되는 날, 아직 휴가를 나오지 못한 친구에게서 연락이 왔다. 군부대 불시 검열 때문에 정기휴가가 취소되었다고 했다. 결국 친구는 휴가를 나오지 못하게 되었고, 우리는 눈앞이 캄캄해졌다. 그 친구가 오면 잠잘 곳, 먹을 것이 다 해결될 것이라 생각했는데 모든 계획이 엉망이 된 것이다. 거제도에 사는 친구 때문에 거제도로 휴가를 나오게 되었는데, 정작 본인은 오지 못하게 되었다. 시간이 지날수록 앞으로 어떻게 해야 하나 걱정되고 불안한 마음이 커졌다.

부대로 복귀하기까지 4일이나 남아서 민박집에 추가 비용도 내야 했다. 결국 우리는 돈이 다 떨어져 부대로 돌아갈 차비마저 털어야 했다. 배가 너무 고팠지만 음식을 사 먹을 돈도 없었다. 그때, 같은 민박집에 묵던 손님 중에 가족끼리 여행하러 온 분들이 있었다. 하루는 그 가족이 저녁으로 고기를 구워 먹는데 고기 냄새가 진동했다. 허기진 우리는 무언가에 홀린 듯 식사를 하는 가족들 옆을 맴돌았다. 우리의 처지를 눈치챈 가족들의 호의로 고기를 얻어먹기도 했다. 그때의 우리는 정말 거지가 따로 없었다. 염치나 체면은 이미 사라진 지 오래였다. 그렇게 배를 채우고 있는데 민박집 주인아주머니께서 그런 우리를 물끄러미 바라보고 계셨다.

잠시 후에 주인아주머니는 우리를 조용히 부르셨다. 그리고 우리에게 한 가지 제안을 하셨다. "내일부터 방 청소를 하면, 방 하나당 삼천 원과 하루 두 끼씩 챙겨줄게요."

우리를 안쓰럽게 여긴 주인아주머니가 우리에게 식사와 일자리를 제공한 것이었다. 우리는 아주머니의 제안에 미안함과 고마운 마음이 들었고, 당연히 아주머니의 제안을 수락했다. 다음 날부터 휴가가 끝나는 날까지 우리는 손님이 퇴실한 방을 청소했다. 일이 끝난 시간에는 해수욕장에서 물놀이도 하고, 주인아저씨를 따라 낚시를 가기도 했다. 너무 즐겁고 감사한 시간이었다.

처음 친구가 나오지 못한다는 소식을 들었을 때는 덜컥 겁이 났지만, 일을 시작하고 나서 모든 걱정이 사라졌다. 물론 우리에게 도움을 준 분들이 있어서 가능했지만, 우리가 열심히 일한 덕분에 즐거운 휴가를 보낼 수 있었다. 괜스레 친구를 원망했던 마음은 진즉에 사라졌다. 마냥 즐기고 편안한 휴가는 아니었지만, 또 다른 즐거움과 보람이 있었다. 스스로 노력해서 어려움을 돌파했다는 뿌듯함, 걱정스러운 상황에도 걱정만 하지 않는 의지를 느꼈다.

걱정을 해서 걱정이 사라지면 그건 걱정이 아니다. 해결될 문제라면 걱정할 필요가 없고, 해결이 안 될 문제라면 걱정해도 소용없다. 걱정 없는 인생은 없다. 하지만 모든

일에 걱정을 더하면 걱정은 두 배가 되고, 걱정을 내려놓
으면 때론 아무것도 아닌 일이 되기도 한다. 그러니 걱정
할 시간에 무엇이라도 시작해보자.

혼자서는 살아갈 수 없다

혼자서 마닐라 여행을 떠난 적이 있다. 나는 공항에 도착한 후, 호텔에서 짐을 풀고 설레는 마음으로 일정을 확인하며 첫날밤을 보냈다. 다음 날 아침 식사를 마친 후 호텔 주변에 있는 해변 산책로를 따라 느긋하게 걸었다. 벤치에 앉아 지나가는 사람들을 구경하고, 항구에 드나드는 배를 바라보며 시간을 보냈다. 오랜만에 한가로운 시간을 만끽했다. 지는 석양을 감상하는 것도 매우 아름답고 낭만적이었다. 저녁에는 노천카페에서 맛있는 음식도 먹고, 밝은 가로등 아래 음악을 들으면서 흥얼거리기도 했다.

이튿날은 세계 7경 중 하나라는 팍상한 폭포를 방문했다. 폭포까지 가기 위해서는 배를 타고 강을 거슬러 올라가야만 했다. 배를 기다리던 중, 점원이 혼자서는 탈 수 없고, 최소한 2명 이상이 타야 배가 뒤집히지 않는다고 했다. 일행이 없는 나로서는 그냥 되돌아갈 수밖에 없는 난처한 상황이었다. 하는 수없이 다시 호텔로 돌아가려고 택시를 불렀다. 그때, 나와 비슷한 또래로 보이는 건장한 한국인 남성 5명이 왔다. 점원이 그들에게 나와 같이 탈 수 있는지 물어봤고, 그들은 흔쾌히 그러겠다고 했다. 다행히 나는 그들과 함께 팍상한 폭포까지 올라가게 되었다. 폭포를 구경하고 돌아오는 길에 동행한 사람들과 이야기를 나누게 되었다. 나는 그들에게 저녁을 함께 먹자고 제안했고, 숙소에 들렀다 만나기로 약속을 잡았다.

저녁이 되어 나는 그 사람들과 함께 식사하게 되었다. 밥을 먹으면서 그들에게 서로 무슨 사이인지, 왜 이곳을 여행하게 되었는지 물어보았다. 그들 중 가장 막내인 A가 자기들은 어릴 때부터 한동네에서 자란 가족 같은 사이라고 했다. 더불어 몇 년 전 제일 맏형인 B의 아내가 암을 진단받고 지금까지 6년간 병석에 누워 있다고 말했다. 맏형인 B는 그 뒤로 아내의 병간호와 동시에 치료비를 벌기 위해 하루도 쉬지 않고 일을 했다고 한다. 그런 시간이 너무 길어지자 B를 안쓰럽게 여긴 동생들이 억지로 끌고 오듯이 이 여행을 추진한 것이었다.

나는 저녁을 먹고 호텔로 돌아와서도 많은 생각이 들었다. 내가 오늘 하루 가장 많이 든 생각은 '인간은 절대로 혼자 살아갈 수 없다.'는 깨달음이었다. 혼자 여행하면서 너무 즐거운 시간을 보냈지만, 혼자라서 하지 못하는 일들도 있었다. 내가 그들을 만나지 않았더라면 꼭 가보고 싶었던 팍상한 폭포를 보지 못했을 것이다. 그 무리의 맏형인 B 또한 동생들이 없었더라면 현실에 지쳐 여행은 꿈도 꾸지 못했을 것이다. 이처럼 우리는 아무리 노력해도 혼자서 살아갈 수 없다. 자신이 원했든 원치 않았든 타인의 도움을 받지 않고 오롯이 혼자만의 힘으로 사는 사람은 없다.

그러므로 아무리 잘난 사람도 자기가 잘나서 잘 산다고 생각하는 것은 오만이다. 사소한 부분이라도 도움을 받는 존재라는 것을 명심해야 한다. 그리고 도움을 받았을 때, 그것을 당연하게 생각하지 않고 감사하는 마음을 가져야 한다. 그리고 언젠가는 다른 이에게 내가 받은 도움을 갚을 날이 올 것이다. 우리 모두 그런 날을 기다리며 함께 사는 낭만을 알아갔으면 좋겠다.

무례한 사람에게 상처받지 말자

사람은 사람을 통해 즐거움과 사랑을 느끼고 치유를 받는다. 하지만 반대로, 사람은 사람에게 상처받는 경우도 많다. 인간관계란 나에게 잘 맞는 상대가 있고 맞지 않는 상대도 있기 마련이다. 그러므로 모두에게 좋은 사람이 되거나 모두와 좋은 관계를 맺을 수는 없다. 되도록 인연을 소중하게 여겨야 하지만, 맞지 않는 인연에 큰 스트레스를 받으며 억지로 이어갈 필요는 없다.

인간관계로 인한 스트레스는 누구나 겪는다. 직장 생활

을 하거나 단체 생활을 하다 보면, 내 마음 같지 않은 사람을 자주 만나게 된다. 힘들게 취업한 직장에서 사람과의 문제로 퇴사나 이직을 고민하는 때도 있고, 친구와의 문제로 힘들어하는 사람도 많다. 사람은 사회적인 동물이기 때문에 기본적으로 상대방과 맞춰가려는 노력이 필요하다. 남의 기분이나 상황을 살피지 않고 제멋대로 행동하는 사람은 절대 좋은 관계를 맺을 수 없다. 이기적이고 무례한 사람과도 잘 지내기 위해 노력하기보다는 나와 잘 맞고 나를 존중하는 사람에게 집중하는 것이 좋다.

그렇다면 나와 잘 맞고 좋은 상대는 어떻게 찾아야 할까? 그것은 함께 있다 보면 자연스레 알 수 있다. 좋은 사람은 함께 있으면 즐겁고, 슬플 때도 위로가 되어준다. 서로 부족한 부분을 채워줄 수도 있을 것이다.

나에게는 8명의 죽마고우가 있다. 어릴 때는 모두가 친하고 소중한 친구들이었지만 지금은 상황이 많이 변했다. 그 이유는 한 친구의 '무례함' 때문이었다. 8명의 친구 중에 A와 B 사이에 있었던 일이다. A와 B는 완전히 다른 성격이다. 우선 A는 차분하고 아무리 화가 나도 침착하게 대처하려는 성격의 소유자다. 평소에도 친구들을 배려하고 이해심이 깊은 친구다. 반면 B는 다혈질에 거친 언행을 자주 한다. 자신이 화가 나면 물불 가리지 않는 무례한 태도 때문에 주위 사람들과 수시로 마찰을 일으키는 친구이다.

그런 A와 B는 평소에도 아슬아슬했다. A는 B가 안하무인으로 굴어도 많이 참아주었다. 그런 A의 태도에 B는 미안하고 고마운 마음을 가지기는커녕 만만하게 생각했다. 그래서 A의 호의를 당연하게 받아들이며 더욱 무례하게 행동했다. 그러던 어느 날, 둘이 만나 이야기를 나누다 사건이 일어났다. 어김없이 막말과 무례한 행동을 하는 B의 행동에 A는 말없이 집으로 돌아갔다. 지금까지 B를 참아주던 A의 인내심이 한계에 다다른 것이다. 그 후로 둘은 연락도 하지 않고, 자연스레 멀어졌다. 그렇게 내 친구들은 서로 남이 되었다.

이런 관계는 결코 좋은 관계라고 볼 수 없다. 일방적으로 한 사람만 참는 관계는 건강하지 않다. 상대가 계속해서 무례하게 행동하고 상처를 준다면 더 이상 스트레스 받지 말고 과감하게 정리해야 한다. 나 또한 A의 결정에 동의한다. 구태여 나를 배려하지 않는 사람까지 신경 쓰며 살 필요는 없다. 당신을 좋아하고, 사랑하는 사람들과 소중한 시간을 보내는 데 집중해야 한다.

    사람은 쉽게 변하지 않는다. 상대가 변하길 기다리며 자신의 상처를 키우지 말자. 좋은 관계란 서로 노력해야 한다. 일방적으로 한 사람만 노력해서는 절대 좋은 관계로 나아갈 수 없다. 때로는 과감하고 용기 있게 인간관계를 정리하는 자세도 필요하다.

작은 일부터 하나씩

나는 예전에 일산으로 이사를 한 경험이 있다. 이삿짐이 많아 이삿짐센터를 부르고 싶었지만 비용 문제로 포기했다. 결국 용달차를 불러서 짐을 옮겼다. 당시 나는 38평 아파트에 살고 있었는데 경제적 어려움으로 집을 처분해야 했다. 그리고 이 전 집보다 작은 24평 아파트로 이사를 했다. 평수가 줄어 짐을 최대한 줄여야 하는 문제도 있었지만, 더 큰 문제는 창고마다 빼곡히 들어차 있던 온갖 물건을 빼내는 것이었다. 아무리 이사 계획을 세워도 도통 엄두가 나질 않았다.

하루 이틀 시간은 흘러가고, 이사 날짜는 다가왔다. 이사고 뭐고 도망쳐버리고 싶었다. 그때는 이사까지 보름 정도 남아 있을 때였다. 나는 마음을 먹고 집에 쌓여 있는 물건을 하나씩 적어보기로 했다. 가구, 가전제품, 집기, 이불, 옷, 신발 등 갖가지 물건을 모조리 적었다. 그다음, 꼭 필요한 물건과 없어도 되는 물건 그리고 애매모호한 물건으로 분류해서 다시 나누었다. 일단 필요 없는 물건으로 분류된 것들을 버리기로 결심했다. 작은 물건들은 버리고 덩치가 큰 가구나 가전제품은 모아두었다가 친구들을 불러 정리했다. 처음에는 엄두가 나지 않아 피하고 싶었지만, 막상 정리하다 보니 빼곡했던 짐이 줄어들기 시작했다. 조금씩 숨통이 트였다. 열흘간 열심히 정리한 보람이 있었다.

이사를 5일 정도 남겨두었을 때부터는 최소한의 물건만 남겨두고 대부분의 물건은 상자에 담았다. 드디어 결전의 이삿날, 나는 친구들과 트럭 2대를 빌려 이사했다. 짐이 줄어서 큰 어려움 없이 이사를 끝낼 수 있었다. 이사한 후에도 일주일이나 짐을 정리했다. 만약 이사 오기 전에 미리 짐 정리를 하지 않았다면 더 오래 걸렸을 것이다.

모든 일에는 시작과 끝이 있다. 아무리 큰일이라고 해도 시작은 아주 작은 일에서 출발한다. 내가 그랬듯이 누구나 큰일을 앞두면 막막하고 시작할 엄두가 나지 않는다. 하지만 분명한 것은 끝이 있다는 것이다. 작고 쉬운 일부터 차근차근히 하다 보면 나도 모르는 사이 끝에 다다라 있을지 모른다. 삶에서 높은 산이나 뛰어넘을 수 없을 것 같은 벽을 만나더라도 한 계단씩 천천히 올라가자. 그러다 보면 그 계단들이 모여 당신을 높은 곳까지 데려가 줄 것이다.

실패는 많은 것을 남긴다

어떤 일을 하다 보면 성공할 수도 있고, 실패할 수도 있다. 실패가 쌓이다 보면 결국은 성공을 만들기도 한다. 실패에 대한 관점에 따라 실패의 효과는 달라진다. 단순하게 생각하면 실패는 좌절과 고통을 남긴다. 그리고 우리는 한순간에 나락으로 떨어지고 궁지에 몰린다. 하지만 실패에는 이런 부정적인 영향만 있는 것은 아니다. 실패는 많은 것을 남긴다. 실패는 인간을 성장시킬 뿐만 아니라, 같은 실패를 반복하지 않는 지혜를 준다. 실패에서 얻는 경험은 삶의 진리와 해답을 주기도 한다. 실패로 많은 것을 잃기도 하지만, 전부를 잃는 건 아니다.

　나 또한 10년 전 사업 실패로 모든 것을 잃었다고 생각
했다. 일단 전 재산을 잃었다. 실패에서 오는 패배감은 나
를 힘들게 했고, 자신감과 자존감을 밑바닥까지 추락시켰
다. 삶에 대한 기대와 희망까지 모두 빼앗았다. 뼈아픈 실
패였고, 크나큰 고통이었다. 그러나 지금 와 보니 무엇으
로도 살 수 없는 값진 경험이란 생각이 든다. 나는 이 일로
준비되지 않는 일에 선뜻 덤비지 않는 신중함을 배웠다.
아무리 힘들어도 극복할 수 있다는 의지가 생겼다. 더불어
나와 유사한 사업을 하는 사람들에게 내 실패를 바탕으로
조언을 해서 도움을 주기도 했다.

　잃는 것이 있다면 얻는 것도 분명히 있다. 둘 중 어느 쪽
이 큰지는 사람마다 다르다. 실패를 거듭하여 결국 성공을
이루어낸 사람이라면 얻는 것이 더 많다고 말할 것이다.
반대로 한 번의 실패로 모든 것을 포기한 사람은 잃은 것
이 더 많다고 대답할 것이다. 결국 이 모든 상황을 어떻게
받아들이고 어떻게 극복하느냐에 달려있다.

　만약 한 축구 선수가 90분 경기를 뛴다고 가정해보자.

한 번 넘어졌다고 해서 경기를 포기하거나 내팽개치는 선수라면 어떨까? 그 선수는 절대 우승의 순간을 경험하지 못할 것이다. 그러나 몇 번을 넘어져도 포기하지 않고 계속해서 경기를 이어가면 결과는 달라진다. 넘어짐은 실패가 아니라 과정이 될 뿐이다.

한 번의 실패가 인생 전체의 실패는 아니다. 실패를 반복하더라도 끊임없이 도전하고 시도해야 한다. 그리고 언젠가 성공한다는 마음으로 실패에서도 얻는 것이 있어야 한다. 실패는 나의 삶과 새로운 일에 반드시 도움이 되기 때문에 되도록 적게 잃고, 많은 것을 얻었으면 좋겠다. 그러기 위해 실패의 원인을 찾자. 원인을 찾았다면 같은 실수를 범하지 않도록 노력하자. 실패를 실패로 내버려 두지 말아야 한다. 결국 우리의 실패가 성공의 발판이 되기를 바란다.

당신을 힘들게 하는 건
당신일지 모른다

어릴 때는 먹고사는 것이 이렇게 힘든 일인지 알지 못했다. 막연히 어른이 되면 누구나 하는 일이라 생각했다. 자신 이외의 가족을 먹여 살리는 것 또한 당연한 일이라 믿었다. 그런 내 생각은 오산이었다. 가정을 이룬다는 것은 단순히 사랑만 가지고 살 수 있는 문제가 아니었다. 누군가를 책임져야 하는 일이고, 한 집안의 가장이 되는 일이다. 거기다 아이가 있다면 부모가 되어 한 생명을 책임지는 일이다. 어른들은 삶의 무게가 막중했을 것이다. 돈을 벌기 위해 최선을 다하고, 직장에서 잘리지 않기 위해 안

간힘을 쓰며 버텼을지 모른다.

　나는 어른이 되면 풍요로운 가정을 이루고 싶었다. 가족들을 책임질 만큼 능력 있고, 가정에 충실한 가장이 되고 싶었다. 유복한 환경에서 아이들이 원하는 것을 다 해주는 부모가 되고 싶었다. 그렇기에 최선을 다하며 열심히 살았지만, 직장인의 삶은 언제나 뻔했다. 하루 대부분을 회사에서 보내며 일해도 내가 받는 월급은 크게 달라지지 않았다. 아쉬웠다. 결국 그 아쉬움이 모여 과감한 결정을 내릴 수밖에 없었다.

　나는 그렇게 '사업을 하자.'는 결정을 내리게 되었다. 회사를 그만두고 경기도 파주에 있는 작은 공장 하나를 인수했다. 직원들을 채용했고, 내가 만들고 싶었던 제품들을 만들었다. 결과는 처참했다. 지지부진한 성과에 4년 동안 운영하던 공장은 빚더미에 앉아 넘어가게 되었다. 세상은 호락호락하지 않았고, 성공의 벽은 너무나 높았다. 반면 나는 세상을 너무나 몰랐고, 경험도 부족했다. 겁 없이 뛰어든 객기로 많은 것을 잃었다.

　다시 직장 생활을 하게 되었고, 욕심내면 낼수록 더 큰 걱정과 불안으로 나를 더 힘들게 만든다는 사실을 깨닫게 되었다. 욕심은 삶의 무게를 가중하고, 불안과 고통으로 안내한다. 지금은, 조금 부족하더라도 '현재의 나'에 만족하려고 한다. 이것이 내가 세상을 조금 더 잘 사는 방법이다. 악착같이 산다고 지금보다 삶이 나아진다는 보장은 없다. 오히려 만족과는 멀어지고 계속해서 부족한 부분만 눈에 보이게 된다.

당신을 힘들게 하는 건 어쩌면 당신 스스로일지 모른다. 두 마리 토끼를 잡으려 안간힘을 쓰면서 지나치게 자신을 몰아붙이지 말자. 자신에게 관대해지자. 자신을 힘들게 하는 대부분은 자신이 만들어낸 기준임을 기억하자.

용기 있는 자가 원하는 것을 얻는다

"용기 있는 자가 미인을 얻는다."라는 말이 있다. 이제는 조금 진부한 말이긴 하지만 어느 정도 일리가 있긴 하다. 평범한 남자가 미인 앞에서 말을 잘 걸지 못하는 이유는 실패에 대한 두려움 때문이라고 생각한다. 괜한 짓을 했다가 상처받으면 어쩌나 하는 두려움 말이다. 그만큼 용기를 내는 것은 어려운 일이다. 하지만 용기의 효과도 크다. 넘어져도 다시 일어나는 용기, 큰 꿈에 도전하는 용기, 무엇이든 원하는 바를 쟁취하려는 용기까지. 용기는 무엇이든 할 수 있도록 만드는 원동력이다.

언젠가 영상을 찍어 유튜브에 올린 적이 있다. 처음 영상을 제작할 때, 부끄러워서 도저히 얼굴을 담을 수 없었다. 결국 목소리만 담아서 피아노곡과 함께 편집을 했다. 얼굴이 나오지 않고 목소리만 나오면 괜찮을 줄 알았는데, 편집 과정에서 듣는 내 목소리는 너무 거북했다. 어찌나 어색하게 들리는지 내 목소리가 들릴 때마다 얼굴이 빨갛게 익었다. 유튜브 채널을 만들었지만, 선뜻 용기가 나지 않았다. 결국 한 달이 넘도록 아무런 영상도 올리지 못하고 방치하게 되었다.

그러다 오랫동안 유튜브 채널을 운영하는 친구에게 고민 상담을 했다. 친구에게 그동안 있었던 이야기를 털어놓았다. "영상 속 내 목소리가 이상해서 도저히 올릴 수 없는데 어떡하지?" 그리고 친구에게 내 영상을 보여주었다. 친구는 나에게 목소리가 전혀 이상하지 않다며, 용기를 내보라고 말했다. 친구의 말에 그동안 창피했던 마음이 한층 사그라들었다. 그리고 '눈 딱 감고 한 번만 용기를 내서 올려보자.'라는 생각이 들었다.

결정적으로 용기를 얻을 수 있었던 것은, 유튜브에서 잘나가던 친구조차 처음엔 자신을 드러내는 게 부끄러웠다는 것이었다. 나뿐 아니라 대다수 사람이 그러했을 거라고 생각하니 용기가 생겼다. 그 후 나는 40여 개의 영상을 제작해 유튜브 채널에 올렸다. 지금은 비록 더 이상 영상을 만들지 않지만, 아직도 기분 좋은 추억으로 남아 있다.

어떤 일을 시작하고 해내기 위해서는 용기가 필요하다. 긴장, 머뭇거림, 망설임은 새로운 일을 시작하기 어렵게 만든다. 그런 순간에 한 번만 용기를 내보자. 그러면 무슨 일이든 시작할 수 있고, 점점 쉬워지는 것을 느낄 수 있을 것이다.

잘 산다는 건

누군가는 혼자 있는 시간을 고독이라 하고, 또 누군가는 정리하는 시간이라고도 한다. 나에게 혼자 보내는 시간이란 성장의 시간이었다. 2020년은 사업을 정리하고 이제 무엇을 해야 할까 고민하던 시기였다. 아무리 생각해도 해결책은 나오지 않았다. 답답한 마음은 풀 길이 없었고, 인생이 너무 우울하게만 느껴졌다. 도저히 마음 정리가 되지 않아 결국 여행을 떠나기로 결심했다.

간단하게 갈아입을 몇 벌의 옷가지와 다이어리 한 권,

그리고 전 재산인 30만 원을 가지고 강릉으로 떠났다. 마음은 무거우면서도 한편으론 여행이란 생각에 조금 들뜨기도 했다. 그렇게 시작된 여행은 당연히 호사스럽지 않았다. 돈이 부족해서 차 안에서 쪽잠을 자야 하는 날도 있었다. 하지만 오랜만에 자유를 느낄 수 있었고, 마음만은 편안했다. 여행을 떠나기 전 초조하고 불안했던 마음은 차츰 줄었다. 그동안 일상에서 느꼈던 두려움이나 공포보다는 다시 잘 살아보고 싶다는 생각이 들었다. 그때의 여행이 인생을 어떻게 살아야 할지 일깨워주는 계기가 되었다.

인생은 누구에게나 다 거기서 거기다. 힘들고 지칠 때가 있는가 하면 즐겁고 행복한 날도 있다. 인생을 잘 살기 위해 아등바등하는 사이에 시간은 너무나 빠르게 흘러가 버린다. 그리고 뒤늦게 나이가 들어서야 깨닫게 된다. 잘 산다는 건 무조건 열심히 사는 게 아니라는 걸 말이다. 인생을 잘 산다는 것이 남들이 부러워할 만한 성공을 하거나 큰 집에서 살고, 비싼 차를 타는 것은 아니다. 작은 집에 살아도, 낡고 오래된 차를 타도, 매일매일 비싼 음식을 먹지 않아도 자신만의 인생을 즐기는 것이 중요하다. 그러기 위해선 금전적인 여유보다는 마음의 여유가 필요하다.

그러니 우리 앞에 펼쳐진 풍경을 즐길 수 있는 여유를 가져보자. 강릉 바다를 보고 있자니 참 아름답다는 생각이 들었다. 아무리 아름다운 풍경을 마주해도 스스로 여유가 없고 불안하다면 절대 아름답다고 느껴지지 않을 것이다. 자신에게 주어진 행복의 기회를 놓치지 않고 잡는 것 그리고 그 행복을 온전히 즐기는 것, 그것이 바로 잘 사는 인생이다. 내가 본 강릉의 바다처럼 산과 바다, 하늘은 언제나 그 자리에서 빛나고 있다. 당신이 고개를 들어 바라보기만 기다리면서 말이다.

나답게 살기

나는 회사에 다니는 것을 좋아한다. 많은 직장인이 들으면 놀라겠지만 사실이다. 몇 번의 사업을 실패한 후, 직장인으로 산다는 것이 얼마나 감사한 일인지 깨닫게 되었다. 예상한 대로 회사에 다녀서 좋은 점은 안정적으로 급여를 받는다는 점이다. 물론 가장 큰 이유지만 이게 이유의 전부는 아니다. 나는 회사에서 열심히 일하고 내 노력을 인정받는 것이 좋다. 때로는 많은 업무에 힘들 때도 있지만 긍정적으로 받아들이려 한다. 특히 지금은 코로나바이러스로 인해 모두가 힘들기 때문에 더더욱 이해하려고 한다.

전 세계가 바이러스로 인해 행동반경, 생활 습관, 먹고 사는 문제 등 크고 작은 일상의 변화를 겪고 있다. 아마 이런 세상이 오지 않았더라면 나도 조금은 다른 회사 생활을 했을 것이다. 회사에서 너무 많은 업무를 할당받으면 불평불만을 했을지도 모른다. 또 스스로 부당하다고 느끼는 일을 겪었다면 조금도 양보하지 않았을 것이다.

하지만 코로나바이러스로 인해 많은 사람이 노력하고 애쓰는데도 평소보다 힘든 일이 많이 생기고 있다. 예를 들어, 나 같은 직장인들은 코로나로 자가격리를 하는 동료를 대신해 업무가 많아질 수도 있다. 자영업자들은 평소보다 더 위생에 신경을 써도 코로나 확진자가 손님으로 왔다면 영업에 지장을 받을 수 있다. 열심히 취업을 준비한 취업준비생들은 면접을 볼 기회조차 줄어들기도 한다. 이처럼 상황과 환경이 변화함에 따라 '나'라는 사람도 변화할 수 있다.

그렇다고 눈치를 살피며 굽신거리라는 소리는 절대 아니다. 세상이 변하는 만큼 자신의 마음과 신념도 고칠 수 있는 유연한 태도가 필요하다는 것이다. 그래야 하루가 다르게 변화하는 세상에서 좀 더 잘 살아갈 수 있지 않을까?

'나'답게 산다는 것이 세상과 타협하지 않고 자신만의 고집대로 살아가는 것이라고 생각하지는 않는다. 자신의 신념과 개성을 유지하되, 시대의 흐름을 읽고 적절하게 대응하는 것. 남의 눈치를 보지는 않지만, 타인을 배려하고 피해를 주지 않으며 자신의 길을 묵묵히 걸어가는 것. 이런 게 나답게 사는 방법이 아닐까 생각한다.

언젠가 친구들과 사소한 언쟁이 있었다. 평소의 나라면 그렇게 화를 내지 않고 넘길 수도 있는 일이었다. 하지만 그날은 달랐다. 화를 참지 못하고 친구들과 말다툼을 했다. 그런 내 모습에 한 친구는 놀라며 말했다. "오늘 너답지 않게 왜 그래?"

친구들과 자리를 정리하고 집에 오는 내내 친구의 말이 떠올랐다. '나답게? 나답게 산다는 게 과연 뭘까?'라는 생각이 들었다. 사람들은 흔히 "나답게 살자."라는 말을 한다. 나도 자주 쓰는 말이었지만 정작 '나답게 사는 것'에 대해 정확히 알지 못했다.

일반적으로 '나다움'을 떠올리면 생긴 대로 사는 것, 자신의 신념을 가지고 사는 것, 나만의 방식으로 사는 것, 내가 좋아하는 걸 하는 것, 살고 싶은 대로 사는 것 등이 떠오를 것이다. 그렇지만 단순히 그런 모습만이 나답게 사는 것은 아니다. 나답게 살기 위해서는 나뿐 아니라 세상을 주의 깊게 관찰하는 태도도 필요하다. 내가 처한 환경에 대한 이해와 관심이 있고, 애정이 있을 때 더 나답게 살 수 있다. 이런 자세로 당신이 어제보다 오늘 더 당신답게 살기를 응원한다.

행복해지기로 결심했다

행복에 대해 고민한 적이 있다. 고민할 당시에는 남들은 하나같이 행복해 보이는데, 나만 불행한 것 같았다. 나에게만 어려운 일이 닥치나 싶고, 도대체 언제쯤 내게도 행복이 찾아오는 걸까 아득하기만 했다.

나의 불행의 역사는 첫 직장에서 다른 회사로 이직을 앞두고 있을 때 시작되었다. 이직할 회사가 갑자기 부도가 나서 오갈 데 없는 신세가 되었고 한동안 힘든 시기를 보냈다. 두 번째는 친구가 운영하던 회사에 근무할 때였다.

나는 회사에 내 돈까지 투자했지만 결국 자금난에 허덕이다 파산하고 말았다. 세 번째는 고깃집을 운영하다가 코로나바이러스로 인해 빚까지 지고 사업을 접은 일이다. 10년 동안 나에게 좋은 일은 단 한번도 일어나지 않았다.

이런 내가 과연 행복해질 수 있을까 싶었다. 나는 더 이상 젊은 나이가 아니었다. 변변한 기술도 없는 데다가 은행 빚도 지고 있었다. 가진 것 하나 없는 암담한 상황이었다.

그런 내가 지난 1년간 열심히 책을 읽었다. 책은 당시 나의 유일한 돌파구였다. 그리고 책이 이 힘든 상황에서 빠져나올 해답을 알려줄 것만 같았다. 책은 나에게 마음을 다독이는 법, 불안한 생각에서 벗어나는 법, 스스로를 위로하는 법, 용기와 희망을 찾는 법을 가르쳐주었다. 마지막으로 행복해지는 법까지. 행복은 마음먹기에 따라 언제든지 느낄 수 있는 감정이었다.

나는 성공만 하면 행복해질 것이 분명한데 그러지 못해 불행이 떠나지 않는다고 여겨왔다. 행복을 찾기 위해서, 성공하기 위해서 늘 이리 뛰고 저리 뛰었다. 하지만 '내가 너무 성공에만 행복을 의존하고 있었던 것은 아닐까?' 하는 생각이 들었다. 행복으로 통하는 문이 엄청나게 많은데 나는 '성공'이란 열쇠만 찾고 있었다. 그 열쇠를 찾지 못하면 영영 문을 열지 못할 것이라고 믿어왔다. 얼마나 어리석었는지 이제는 안다. 그리고 행복을 다른 방법으로 찾아보기로 했다. 행복해지기로 결심한 것이다. 행복하다고 믿고. 어떤 상황에서도 행복의 단서를 찾기 시작했다. 그런데 행복을 결심한 지 얼마 되지 않아 행복한 마음이 서서히 들기 시작했다.

나는 행복에도 결심이 필요하다는 것을 배웠다. 결심이란 어떤 일을 하기로 마음을 굳게 먹는 것을 의미한다. 많은 사람은 의심할 것이다. 행복이 결심한다고 해서 이루어지는 것이냐고 말이다. 나는 그렇다고 대답할 것이다. 행복은 모든 조건을 다 갖춘 후에 찾는 결과물이 아니다. 과정의 첫걸음이다. 우리 모두 행복해지기로 마음먹고 발걸음을 떼자. 그러고 나면 우리가 결심한 대로 행복이 뒤따라올 것이다.

3장

걱정만
한다고
해결되지 않아

시작하는 마음

나는 여행 경비를 마련하고자 아르바이트를 한 적이 있다. 친구들과 나는 제주도 여행을 가고 싶었다. 그러기 위해선 돈을 벌어야 했고, 친구 중 한 명과 레스토랑에서 함께 일하게 되었다. 처음에는 친구와 함께 일할 수 있다는 점이 너무 좋았다. 나는 그때까지 한 번도 아르바이트를 해본 경험이 없었다. 반면에 친구는 여러 곳에서 아르바이트를 한 경험이 있었다. 그런 친구와 함께 일하니 든든하고 다행이라는 생각이었다.

출근한 첫날, 눈과 귀와 모든 신경을 집중해 레스토랑 매니저님이 알려주는 대로 일을 배웠다. 처음 하는 일이라 정신이 하나도 없는 나와 달리 친구는 여유로웠다. 창밖을 보며 콧노래를 흥얼거리기도 하고, 화장실도 자주 들락거렸다. 심지어 손님이 많지 않은 시간에는 손님용 테이블에 앉아 쉬기도 했다. 이리 뛰고 저리 뛰어다니며 친구의 모습을 본 나는 부러웠다. 똑같이 일을 배웠는데 친구에 비해 나는 너무 일이 더디게 느는 것 같았다. 또 '역시 경험이 많은 친구라 나와는 다르네.'라는 비교를 하며 기가 죽었다. 아무리 열심히 해도 친구의 여유를 따라 갈 수는 없었다.

일주일쯤 지났을 때였다. 그때 나는 손님들의 주문도 곧잘 받고, 테이블 정리까지 할 수 있게 되었다. 그날도 열심히 자리를 정리하고 있는데, 매니저님이 친구를 따로 불렀다. 할 이야기가 있는 눈치였다. 시간이 얼마 지나고 면담을 마친 친구가 씩씩대며 돌아왔다. 무슨 일인지 묻자, 매니저님이 친구에게 오늘까지만 일하고 내일부터 나오지 말라고 했다는 것이었다. 나는 그 이유가 너무 궁금했다. 하지만 잔뜩 화가 난 친구에게 그 이유를 묻진 못했다. 결국 친구는 그날로 그만두게 되었고, 친구의 자리는 다른 사람이 대신하게 되었다.

며칠이 지나고, 매니저님께서는 나를 불러 친구가 왜 일을 그만두어야 했는지, 그 이유에 대해서 설명해주셨다. "그 친구는 성실하지 못하고 잔꾀를 부려 함께 일하는 사람들이 할 일이 너무 많아졌어요."

나는 매니저님의 말을 듣고 적지 않은 충격을 받았다. 나는 내 친구가 일을 잘해서 여유로운 줄로만 알았다. 하지만 사실은 그게 아니라 자신의 몫을 하지 않았기 때문에 남들보다 여유가 있었던 것이었다. 그 친구의 자리를 대신한 새로운 사람이 오자 일이 더 수월해진 것도 그 때문이었다. 친구와 일할 때는 친구의 몫을 나를 포함한 다른 사람들이 나눠야 했기에 더 정신이 없고 바쁠 수밖에 없었다. 그제야 친구를 해고한 매니저님의 결정이 이해되었다.

그 후로 나는 친구를 떠올리며 더 열심히 일했다. 내 몫을 남에게 지게 하고 싶지 않았다. 결국, 여행 경비를 다 모을 동안 큰 사고 없이 일을 마무리할 수 있었다. 매니저님은 내게 열심히 일한 것을 안다며 월급에 돈을 조금 더 보태서 챙겨주기도 했다.

나는 이 일을 겪고 무슨 일이든 초심이 중요하다는 생각이 들었다. 친구는 자기 나름대로 경험이 많다고 생각하면서 거만해지고, 초심을 잃었다. 물론 친구의 그런 여유가 부러워서 따라 하고 싶었던 것도 사실이다. 하지만 돌이켜보면 그러지 않기를 천만다행이라고 생각한다. 아마 나도 친구처럼 행동했다면, 둘이 나란히, 사이좋게 손을 잡고 레스토랑에서 나와야 했을 것이다. 이처럼 모든 일에 시작이 가장 중요하듯 시작하는 마음인 '초심'을 지켜내는 것도 무척 중요하다. 그래야 실수도 줄이고 겸손한 자세로 살아갈 수 있다.

그 당시 나는 아르바이트를 한 돈으로 친구들과 여행을 갔다. 그 친구는 아르바이트도 잘리고, 여행 경비를 모으지 못해 여행도 가지 못했다. 지금은 그 친구와 멀어져 연락을 하진 않는다. 친구가 세월이 지나 어떤 모습으로 변했는지는 모르겠지만, 아마도 사회의 구성원으로 성실하게 살아가지 않을까 싶다. 나 또한 앞으로도 초심을 잃지 않는 사람이 되어야겠다고 다짐을 해본다.

좋은 버릇

버릇이나 습관은 오랜 시간 반복해서 몸에 익어 버린 행동을 뜻한다. 버릇에 관련된 속담으로는 '세 살 버릇 여든까지 간다.', '제 버릇 개 못 준다.'가 있다. 두 속담 모두 '한 번 들인 버릇을 고치는 것은 쉽지 않다.'라는 의미를 담고 있다. 이처럼 이미 몸에 익어 버린 습관을 없애는 것은 너무 어렵다. 따라서 나쁜 습관은 들지 않도록 조심하고, 좋은 습관을 들이기 위해 노력해야 한다. 좋은 습관이 많아질수록 좋은 사람이 될 수 있다.

버릇이나 습관을 들이는 일은 일정 시간 꾸준히, 반복적으로 되풀이해야 한다. 그 버릇이 '좋은' 버릇일 때는 더더욱 어렵다. 왜 좋은 버릇보다 나쁜 버릇을 가지게 되는 것이 쉬울까? 그것은 바로 나쁜 버릇은 장벽이 낮기 때문이다. 예를 들어 할 일이 주어지면 일단 미루고 보는 사람들이 있다. 이 사람들에게는 미루는 행동 자체가 버릇이 든 것이다. 해야 할 일을 바로바로 처리하는 것보다 미루는 것이 훨씬 쉽고 편하다. 또 나쁜 습관은 중독성이 높다. 그 이유는 한 번 경험했을 때 나쁜 습관이 가져오는 편안함과 즐거움이 크기 때문이다. 그래서 게임을 너무 오래 한다거나 지나치게 음주를 한다거나 하는 나쁜 습관이 생기고, 거기에서 빠져나오기 어려운 것이다.

반면, 좋은 습관에는 노력이 필요하다. 우리 몸에 좋은 대부분의 습관은 귀찮고, 번거롭고, 힘들다. 쉽고 편한 것을 추구하는 인간이 관성의 법칙을 이겨내야 하는 것이 얼마나 힘이 들겠나. 내가 생각하는 좋은 습관도 여러 가지가 있다. 물을 챙겨 마시는 습관, 건강한 음식을 먹는 습관, 일기를 쓰는 습관, 주기적으로 운동하는 습관 등이다. 누구나 알고 있는 습관이지만 지키기는 어려운 습관이다. 또한 쉬워 보이지만 노력 없이는 얻을 수 없는 것들이다.

습관은 의식을 넘어 무의식이 행하는 것이다. 가끔 유명한 운동선수들의 인터뷰를 볼 때가 있다. '어떤 생각으로 운동을 하느냐?'는 질문에 그들은 '아무 생각 없이 그냥 하는 것'이라고 대답한다. 그들에게는 너무 당연하고, 아무 생각 없이 무의식적으로 하는 일인 것이다. 그들이 그렇게 습관처럼 운동을 하기까지는 엄청난 노력이 있었을 것이다.

그저 얻어지는 것은 없다. 우리도 좋은 습관을 지니고 싶다면, 그 행동이 습관이 될 때까지, 무의식적으로 나올 때까지 의식적으로 노력해야 한다.

시간이 약이다

친할머니를 떠올리면 생각나는 일화가 있다. 그 당시 할머니는 중풍이라는 지병을 앓고 있었다. 그런 할머니는 어린 나에게 마시라며 요구르트를 주었다. 요구르트를 주는 할머니의 손이 떨렸고 결국엔 요구르트의 반 이상이 쏟아졌다. 나는 몸을 떠는 할머니의 모습이 무섭게만 느껴졌다. 그래서 할머니를 피하고 싶었지만, 지켜보는 아버지의 눈치가 보여 차마 그럴 순 없었다. 그렇게 얼마 남지 않은 요구르트를 받고 허겁지겁 마신 기억이 있다.

그날의 기억은 시간이 아주 오래 흐른 지금도 잊히지 않는다. 나에겐 친할머니의 마지막 모습이기 때문이다. 그해 겨울 친할머니는 돌아가셨다. 나는 마지막으로 할머니를 본 날, 할머니를 무서워했던 것이 늘 죄송스러웠다. 또한 어린 마음에 할머니를 피했던 것이 후회와 자책으로 남았었다.

　이처럼 친할머니는 내가 너무 어린 나이에 돌아가셨기 때문에 추억이 많지는 않다. 반면에 외할머니와는 추억이 많다. 외할머니는 학창 시절까지 나와 한집에서 살았기 때문에 할머니의 사랑을 넘치게 받으며 컸다. 할머니는 가끔 바지 안쪽 주머니에서 꾸깃꾸깃한 돈을 꺼내어 내게 용돈을 주셨다. 나는 그럴 때면 그 돈으로 할머니와 함께 먹을 과자를 사 오곤 했다. 할머니는 어린 손주의 모습이 기특하셨는지 내 머리를 쓰다듬곤 하셨다.

　각별한 외할머니도 내가 성인이 되고 얼마 지나지 않아 돌아가셨다. 할머니는 친구들을 만나러 외출하셨다가 빙판길에 넘어져 입원하게 되었다. 팔과 골반이 부러졌고 수술을 받으셨지만, 결국 퇴원하지 못하셨다. 할머니의 죽음은 내 인생에서 가장 큰 사건일 만큼 충격이 컸다. 한동안 너무 슬프고 가슴이 아파 힘든 시간을 보냈다. 지금은 친할머니와 외할머니가 돌아가시고 세월이 많이 흘렀다. 아직도 두 분을 생각하면 슬픈 마음이 들기도 하지만 소중한 추억으로 여기며 살아가고 있다.

'인간은 망각의 동물'이라는 말이 있다. 망각은 때론 큰 장점이 되기도 한다. 세상이 무너질 것 같은 슬픔이나 아픔도 결국은 서서히 무뎌진다. 아픔을 해결하는 것은 결국 시간이다. 가장 가까운 사람과의 이별로 아프고 괴로워도 시간이 지나면 언젠가는 받아들이게 된다. 비단 죽음 같은 이별의 순간뿐 아니라 모든 순간에 해당한다. 사랑하는 연인이나 친구와 헤어지는 순간도, 목표하던 일에 실패해 좌절하는 순간도, 두 번 다시 겪고 싶지 않을 만큼 고통스러운 순간도 결국은 지나간다. 물론 상처의 크기에 따라 해결되는 데 걸리는 시간이 다르겠지만 말이다. 그러니 지금 당신의 시간이 너무 고통스러워도 언젠가는 지나간다는 것을 의심하지 말아야 한다.

우스운 이야기지만, "거꾸로 매달아도 국방부 시계는 돌아간다."라는 말이 있다. 이 말은 지독하게 힘든 군 생활도 결국 시간이 지나면 끝이 있다는 의미다. 가는 시간은 붙

잡을 수 없다는 뜻이기도 하다. 멈춘 것 같아도 시간은 절대 멈추는 법이 없다. 또한 시간은 약이다. 시간이 지나면 몸의 상처가 아물듯이 마음의 상처도 치유된다. 이 말을 가슴에 새기고 힘든 순간을 조금 더 단단하게 버티길 바란다. "이 또한 지나가리라."

젊어서 고생은 사서도 한다

학창 시절, 겨울 방학을 맞아 친구들과 자전거 일주를 한 적이 있다. 부산을 기점으로 창원을 지나 진주, 순천, 나주, 광주를 지나서 정읍, 전주, 거창, 대구, 경주, 양산을 거쳐 부산으로 돌아오는 일정이었다. 나는 친구들과 의기투합하여 부산행 기차에 몸을 실었다.

처음엔 친구들과 놀러 간다는 사실에 그저 들뜨고 신이 났다. 우리는 수다도 떨고, 경치도 구경하면서 기차에서의 시간을 보냈다. 서울에서 이른 시간에 출발했지만, 오후 3

시가 넘어서야 부산에 도착할 수 있었다. 부산 날씨는 서울에 비해 따뜻했고 자전거를 타기에도 좋았다.

우리는 부산의 어느 낡고 허름한 국밥집에서 국밥을 먹고 자전거에 올랐다. 드디어 시작된 자전거 일주는 부산을 벗어날 때까지만 해도 비교적 수월했다. 고생은 창원에 들어오면서부터 시작되었다. 일단 우리가 달린 국도는 아스팔트로 포장된 길도 있었지만, 대부분은 울퉁불퉁한 비포장길이었다. 거기다가 부산과 달리 창원은 너무 추웠다. 모자와 두건으로 얼굴을 싸매도 자전거를 타면서 찬 바람을 막을 길은 없었다. 창원의 어느 시골길에 들어서자 이미 손과 발은 꽁꽁 얼어 있었고, 몸은 땀에 젖어 들어가고 있었다. 우리는 추위를 꾹 참으며 창원을 지나 진주를 향해 달렸다.

그러다 슬슬 날은 어둑해지고 자정이 되었다. 우리는 논밭 어딘가에서 잠을 청해야 했다. 7시간이나 쉬지 않고 울퉁불퉁한 비포장길을 달린 탓에 서 있기도 힘들었다. 논밭에 쌓여 있던 지푸라기 뭉치로 바닥을 푹신하게 다졌다. 그리고 그 위에 텐트를 쳐 쉴 곳을 만들었다. 텐트 안은 바깥 온도와 큰 차이가 없을 만큼 추웠다. 그저 바람만 막아

줄 뿐이었다. 어찌나 추웠던지 침낭 속에서 몸을 아무리 움츠려봐도 그대로 굳을 것만 같았다.

그렇게 추위에 떤 지 몇 시간이 지났을까. 더 이상 잠을 자는 건 무리라고 판단했고, 결국 짐을 챙겨 이동하기로 했다. 다시 배낭을 짊어지고 진주를 향해 자전거 페달을 힘껏 밟았다. 몸을 움직이니 체온이 올라가고 땀이 나기 시작했다. 밤하늘의 별을 따라 두어 시간을 달리다 보니 날이 밝기 시작했다. 해가 뜨기 시작하는 하늘에 묘한 기분이 들었다. 우리가 뭔가 대단한 일을 하는 것처럼 가슴이 벅차올랐다.

달리고 달려서 진주를 지나 순천 어딘가에 향했을 때, 배가 고프기 시작했다. 또 내리쬐는 따스한 햇살에 눈꺼풀도 무거워졌다. 우리는 잠시 멈춰 라면을 끓여 먹기로 했다. 그날 우리 다섯 명은 라면을 10봉지나 먹었다. 그런데도 더 먹고 싶을 만큼 내 인생에서 가장 맛있는 라면이었다. 라면을 먹고 나니 배도 부르고, 밤에 잠을 못 잔 탓에 졸음이 쏟아졌다. 우리는 대충 텐트를 치고 낮잠을 잤다. 따뜻한 햇볕 때문에 춥지 않게 깊은 잠을 잘 수 있었다.

눈을 뜨니, 얼마나 잤는지 얼굴은 퉁퉁 부어 있었고, 하늘은 어두워지고 있었다. 우리는 또다시 출발해야 했다. 그렇게 순천을 지나 나주, 광주, 정읍을 거쳐 전주에 도착하기까지 5일이 걸렸다. 전주에 도착한 우리는 더 이상 갈 수 없다는 것을 느꼈다. 제대로 씻지 못해서 몰골은 엉망이었고, 체력이 바닥난 몸은 만신창이가 되었다. 전주 시내에서 자전거를 끌고 다녔는데, 가는 곳마다 우리를 보는 사람들의 시선이 느껴졌다. 우리가 우리 얼굴을 봐도 웃음이 나올 정도인데 다른 사람들 눈에는 오죽했겠나 싶다. 지금 당장 동냥을 해도 이상하지 않을 만큼 상거지가 따로 없었다. 한참 전주 시내를 돌아 자전거를 사고파는 가게를 찾았다. 우리는 그 가게에 자전거를 팔았다. 자전거를 판 돈으로 버스표를 사고, 남은 돈을 들고 목욕탕을 찾았다.

목욕탕 입성도 쉽지는 않았다. 우리의 차림새를 본 주인 아저씨는 우리가 목욕탕을 이용하는 것을 막았다. 결국 빨래를 하지 않겠다는 조건을 걸고서야 간신히 목욕할 수 있었다. 뜨끈한 물에 몸을 담그니 얼었던 몸이 녹아내렸다. 그간의 힘든 여정이 씻어질 만큼 개운했다. 사실 우리가 처음 계획했던 일정은 보름이었다. 하지만 일주일만에 우리의 여정은 끝이 났다. 비록 계획대로 완주하지는 못했지만 참 많은 것을 배운 시간이었다.

우리가 생각했던 자전거 일주의 낭만은 없었다. 떠나오기 전에는 우리가 엄청 대단한 일을 해낼 수 있을 것 같은 기분이었다. 하지만 현실은 달랐다. 우리의 계획은 무모했고, 우리는 젊은 패기로만 가득했다.

하지만 그때나 지금이나 후회는 없다. '젊어서 고생은 사서도 한다.'라는 말이 우리의 상황과 딱 맞다는 생각이 든다. 물론, 지금 청춘들에게 고생을 강요하거나 '라떼는 말이야~' 같은 유세를 떨고 싶은 것은 절대 아니다. 다만, 이 고생이 나에게는 추억이자 자산이 되었다. 가끔 힘든 순간에 이날을 떠올리면 웃음이 새어 나오기도 한다. 그러니 다들 힘든 시절에 꺼내 볼 수 있는 추억을 만들었으면 좋겠다. 이런 기억은 절대 돈 주고 살 수 없으니 말이다.

무력감에서 벗어나기

모든 것이 귀찮고 무력해질 때가 있다. 밥도 먹기 싫고, 일도 하기 싫고, 아무것도 하기 싫을 때 말이다. 살면서 느낀 바로는 무기력은 두 가지 경우에 많이 찾아온다. 첫 번째는 최선을 다한 일이 물거품이 되었을 때다. 이런 경우 사람은 허무함에 무너지고 아무 일도 손에 잡히지 않는 경험을 하게 된다. 두 번째는 소중한 사람을 잃었을 때다. 사람은 소중한 무언가를 잃으면 삶의 회의를 느끼게 된다. 나는 후자에 속하는 무기력을 경험했다.

나에게는 특별한 친구가 한 명 있다. 그 친구는 중학생 때 우리 반으로 전학을 왔다. 전학을 온 첫날, 친구는 경상도 사투리를 쓰며 자신을 소개했다. 나를 포함한 우리 반 친구들은 사투리를 쓰는 친구의 모습이 신기했다. 표준어를 쓰는 우리에게 사투리란 TV에서나 들어본 말투였기 때문이다. 자연스레 친구에게 관심이 향했고, 왠지 모르게 처음부터 그 친구가 좋았다. 그렇게 그 친구와의 우정이 시작되었다. 시간이 흘러 고등학생, 대학생, 직장인이 되어서도 우리는 서로에게 좋은 친구가 되어주었다.

그러던 어느 날, 꼭두새벽에 전화가 걸려 왔다. 나는 전화를 내려놓고 주저앉고 말았다. 그 친구가 죽었다는 소식이었다. 눈앞이 깜깜했다. 믿기지 않아 눈물도 나지 않았다. 나는 그 소식을 전해준 지인에게 다시 전화를 걸었다. 그리고 이런 장난은 치는 게 아니라며 화를 내고 끊어버렸다. 잠시 후, 친구의 누나에게 전화가 왔다. 누나는 흐느껴 울며 떨리는 목소리로 말했다. 오늘 새벽에 친구가 교통사고로 세상을 떠났다고 말이다. 그제야 온몸에 힘이 빠지면서 실감이 났다.

둘도 없는 친구의 죽음 앞에서 나는 한없이 무너져 내렸다. 그의 죽음은 나를 무력하게 만들었다. 아무것도 하고 싶지 않았다. 먹는 것도, 웃는 것도, 일하는 것도, 누굴 만나는 것도 모든 게 싫었다. 삶의 의욕이 사라지고 허망한 마음만 가득했다. 결국 우울증과 대인 기피증까지 겪게 되었다. 서너 달을 세상과 단절한 채 인간의 삶이 아닌 생활을 했다. 먹는 둥 마는 둥 하다 보니 몸무게도 10kg 가까이 빠졌다. 나를 안쓰럽게 여긴 친구들이 밤낮으로 음식을 들고 찾아오기 시작했다. 그리고 집 밖으로, 세상 밖으로 나를 끄집어내기 위해 애썼다. 이런 친구들의 도움과 나의 노력으로 길고 긴 터널에서 빠져나올 수 있었다.

살다 보면 무력함이 찾아오곤 한다. 우리는 앞서 설명한 두 가지 상황에서 높은 확률로 무력함을 느낀다. 이 외에도 무기력은 자신도 모르게, 아무 이유도 없이 찾아오기도 한다. 이처럼 무력함을 느끼는 시기에 상황을 악화시키는 것은 무력한 자신을 탓하는 것이라 생각한다. 우리는 대부분 무력한 자신을 탓한다. 내가 게을러서, 내가 노력하지 않아서 상황이 나빠지고 있다고 말이다.

하지만 그럴 때일수록 자신을 다독여줘야 한다. 무력해도 괜찮다. 무력감은 언제든 누구에게든 찾아올 수 있다.

그럴 땐 잠시 쉬어가는 것도 좋다. 무력감은 짧은 시간에 빨리 이겨내려 하기보다는 극복하기 위한 충분한 시간을 가져야 한다. 지금 누군가 무기력을 경험하고 있다면, 자신을 너무 재촉하지 않고 자신에게 충분한 시간을 주면 좋겠다.

늦었다고 생각할 때

나는 23살의 나이에 입대를 했다. 친구들이 하나둘 전역하기 시작할 때쯤에 군대에 간 것이다. 사실 입대하기 전에는 내가 늦었다고 생각하지 않았다. 하지만 막상 입대하니 내가 군 생활을 늦게 시작한 것에 대한 후회가 시작됐다. 지금은 다를 수도 있겠지만 내가 군대에 가던 때는 보통 20~21살즈음에 입대하는 경우가 많았다. 그 때문에 나는 같이 입대한 동기들보다 3살이나 많은, 제대를 앞둔 병장들과 비슷한 나이였다.

군대에 들어가니 나이가 많다는 것은 상당히 서러운 일이었다. 나보다 어린 선임병들에게 꼬박꼬박 존댓말을 쓰며 깍듯하게 행동해야 했다. 20대 초반에는 한 살 차이에도 예민하던 시기였기 때문에 세 살이나 어린 동생들에게 존댓말을 쓴다는 사실이 억울하기도 했다.

그러다 한 사건이 터졌다. 당시 내 선임병 중에는 내 2년 후배인 동생이 한 명 있었다. 그 동생은 한동네에서 자라 초등학교, 중학교를 함께 다닌 사이였다. 무엇보다 내가장 친한 친구의 동생이었기 때문에 어릴 때부터 자주 놀아주던 동생이었다. 그런 동생을 군대에서 처음 만나서 얼마나 반가웠겠나. 반가움에 나도 모르게 동생의 이름을 불렀다. 그리곤 선임의 이름을 부르는 하극상이란 이유로 40kg짜리 군장을 메고 연병장을 20바퀴나 돌아야 했다.

이 일을 겪은 후로 나는 군대에 있는 내내 늦게 입대한 것을 후회했다. 하지만 제대를 한 이후에는 무언가를 늦게 시작했다는 이유로 문제가 있었던 적은 없다. 군대 또한 남들보다 입대가 늦었기에 당연히 제대도 늦었지만, 내 인생 전반에 큰 영향을 주진 않았다.

우리가 많이 걱정하는 대학교 진학이나 취업 시기로 예를 들어보자. 고등학교 3학년인 19살에 원하는 대학교에 진학하면 좋을 것이다. 하지만 재수나 삼수, 그 이상이 걸린다고 해도 긴 인생에서 큰 차이는 없다. 취업 또한 마찬가지다. 1~2년 먼저 진로를 정해 밥벌이를 시작한다고 해서 어마어마한 부의 차이가 생기진 않는다. 각자 상황에 따라 자신만의 시기가 있는 것이다.

어떤 사람은 이른 나이에 학교를 졸업하고도 원하는 일자리를 얻기 위해 몇 년을 기다릴 수도 있다. 또 어떤 사람은 하고 싶은 일을 빨리 찾아 20살부터 사업을 할 수도 있다. 미국의 대통령이었던 버락 오바마는 55세에 대통령 임기를 마쳤지만, 도널드 트럼프는 70세에 대통령이 되었다. 세상 모든 사람은 자신의 시간에 맞게 살아간다.

우리의 삶에는 절대적인 늦음도, 빠름도 없다. 전래 동화 〈토끼와 거북이〉에서는 토끼와 거북이가 경주를 한다. 당연히 거북이보다 걸음이 빠른 토끼가 앞서며 이야기는 시작된다. 하지만 우리가 알다시피 결과는 어떻게 되었는가. 꾸준히 자신의 길을 간 거북이가 승리한다. 삶은 결코 단순하지 않다. 시작이 빠르다고 결승선에 제일 먼저 도착하는 것은 아니다.

　우리는 종종 자기 속도와 남의 속도를 비교한다. 때론 어떤 사람들이 나를 앞서가는 것처럼 보일 수 있다. 남들은 빠르고 나는 늦었다는 초조함에 스스로를 재촉하기도 한다. 하지만 모두에게 적용되는 '늦음'이란 없다. 비교는 무의미하다. 내 인생이기 때문에 내가 기준이 되어야 하고, 나만의 잣대를 세워야 한다. 그러니 자신에게 맞는 보폭과 걸음걸이로 목적지를 향해 나아가자.

신중한 결정

30대의 나에게 뜻밖의 좋은 일이 있었다. 그건 바로 지인에게 좋은 조건으로 함께 일하자는 제의를 받은 일이었다. 난생처음으로 받은 스카우트 제의였다. 나는 두 번 다시 이런 기회가 오지 않을 것 같아 1초의 망설임도 없이 그러겠다고 대답했다.

다음 날 아침, 출근과 동시에 사직서를 제출했다. 좋은 조건으로 이직하게 되었다는 사실에 자꾸만 기분이 들떴다. 입이 근질거려서 친구들에게 전화를 걸어 소문을 내기도 했다. 그로부터 일주일이 지나고 나는 업무 인수인계까지 마치고 회사를 나왔다. 새로운 회사에 가기까지 보름이라는 시간이 있었다. 지금까지 제대로 쉬지 못하고 열심히 일했기 때문에 여행도 다니고, 친구도 만나면서 여유로운 시간을 보냈다. 그리고 출근을 이틀 남겨두었을 때, 이직할 회사에 대해 알아두면 좋을 것 같다는 생각이 들어 미리 회사에 방문했다. 하지만 나와 처음 미팅을 가졌던 담당자는 연락이 닿질 않았다. 회사 건물도 관계자 이외에는 출입이 불가해 들어가지 못했다. 나는 그때만 해도 나에게 생길 불행을 전혀 예견하지 못했다.

드디어 출근 날이 되었고, 나는 아침 일찍 집을 나섰다. 아직 사원증이 없어 관리인에게 사정을 이야기하고 엘리베이터를 탔다. 사무실에 도착하니 불은 꺼져 있었고 문은 굳게 닫혀 있었다. 내가 너무 일찍 출근한 탓에 직원들이 출근하지 않았다고 생각했다. 사무실 문 앞에 쪼그리고 앉아 출근하는 직원들을 한참 동안 기다렸다. 시간이 흘러 10시가 되자 점점 불안한 마음이 생겼다. 그때, 한 통의 전화가 왔다. 전화를 건 사람은 내게 회사를 소개했던 지인이었다. 지인은 내게 열흘 전쯤 회사는 부도가 났고, 사장은 빚 때문에 구속되었다고 전했다.

처음엔 어이가 없었다. '어떻게 나한테 이런 회사를 소개해줄 수가 있지?'라는 생각이 들었다. 당황스러운 동시에 울컥 서러운 마음이 들었다. 잘 다니던 회사까지 때려치우고 나왔는데 한순간에 갈 곳을 잃어버렸다. 퇴사한 회사로 돌아갈 수도 없었다. 이미 인수인계까지 끝낸 회사에 내 자리가 있을 리 만무했다. 시간이 지날수록 이 악몽 같은 일이 현실로 느껴지면서 분노는 커졌다. 모든 일이 이직을 권유한 지인의 잘못 같아 원망스러웠다.

하지만 이성적으로 접근하니 내 잘못이 가장 크다는 생각이 들었다. 결국 이 상황을 책임져야 하는 사람도 나였다. 돌이켜보면, 당시 나는 귀신에 홀린 사람 같았다. 새로운 회사에 대해 잘 알아보지 않고, 다니던 회사에도 너무 성급하게 사직서를 냈다. 다른 일도 아닌 먹고 사는 일이 걸린 중대한 문제를 너무 쉽게 결정했다.

나는 이 일을 겪고 나서 신중함이 얼마나 중요한지 뼈저리게 느꼈다. 중요한 결정을 할 때는 정말 신중에 신중을 기해야 한다. 나는 한순간의 잘못된 결정으로 경솔한 사람이 된 경험을 했다. 당신은 이런 경험을 하지 않길 바란다. 신중함은 아무리 강조해도 지나치지 않는다고 생각한다.

매사에 신중하게 행동하면 실보다 득이 커질 것이다. 그러니 말을 할 때도, 행동할 때도 항상 신중함을 놓치지 않길 바란다.

나의 시간

시간이 너무 빨리 지나가는 것 같다. 아침에 눈을 뜸과 동시에 출근하고, 회사에서 일하다 보면 퇴근하기 바쁘다. 세월은 나이에 따라 속도가 다르다고 한다. 나이가 들면 들수록 시간이 화살처럼 빠르다는 것이다. 나도 요즘 실감하고 있다. 시간이 이렇게 빨리 간다는 것이 아쉽게만 느껴진다.

그날도 여느 때와 마찬가지로 종일 시간에 쫓기듯 일하고 있었다. 며칠 전 맡은 프로젝트로 인해 일이 많았기 때문이다. 코로나로 다른 회사들은 일거리가 줄었다고 하는데, 어쩐지 우리 회사는 일이 더 많아진 것 같았다. 허둥지둥 일하던 중, 퇴근 시간이 다 되었을 때였다. 친구에게 전화가 왔다. "야, 안 오냐?" 친구가 내게 물었다. 나는 "어딜…?" 하고 되물었다. 그리고 친구가 오늘 모임 날인 거 잊었냐고 말하자마자 생각이 났다. 오늘은 며칠 전부터 친구들과 만나기로 한 날이었다. 달력을 보니 '모임'이라는 글자와 함께 빨간색 동그라미가 그려져 있었다. 친구들과의 약속을 까맣게 잊어버렸다. 이 약속은 친구 중 한 명이 부산으로 이사를 앞두고 만든 자리였다. 마지막으로 얼굴을 볼 수 있는 자리라 꼭 참석해야 했다. 하지만, 남은 업무가 많아 정시 퇴근을 할 수 있을지도 모르는 상황이었다. 나는 친구에게 최대한 빨리 가겠다는 말을 남기고 다시 일을 시작했다. 그리고 부랴부랴 급한 일만 처리하고 회사를 나와 주차장으로 향했다.

그때 또 한 통의 전화가 왔다. 거래처 직원이었다. 그 직원은 업무 관련 사항 때문에 연락을 한 것이었다. 또 나의 실수였다. 그 일은 내가 오늘까지 전달해야 하는 업무였다. 그런데 내가 까먹고 연락을 하지 않았다. 미룰 수 없는 일이라 다시 회사로 올라가 일을 처리하고 아까보다 더 늦게 약속 장소로 향했다. 그날 나는 결국 친구들을 만나러 가지 못했다. 시간이 촉박해서 운전을 급하게 하다가 접촉 사고가 났기 때문이다. 그렇게 친구들도 만나지 못하고, 사고까지 내고 집으로 돌아왔다. 집에 와서도 오늘 있었던 일들이 계속 맴돌았다. 부쩍 시간 관리 문제로 곤경에 처할 때가 있었기 때문이다.

나는 빈 노트를 펼쳐 오늘 일과를 하나도 빠짐없이 적기 시작했다. 아침에 일어나서 집에 온 지금까지 말이다. 그러다 문득 책상 앞에 붙여놓은 연간 계획표가 눈에 띄었다. 쓰던 것을 잠시 멈추고 계획표를 자세히 읽어보았다. 내 계획표에는 구체적인 일정이나 진행 과정에 대한 기록 없이 목표만 덩그러니 적혀 있었다.

그제야 내 계획표가 잘못 만들어졌다는 생각이 들었다. 회사 업무에 관한 다이어리도 꺼내 보았다. 구체적인 시간 관리에 관한 내용이 전혀 없었다. 나는 언제나 해야 할 일에 치여 살았는데 내가 생각한 것처럼 하루 일정이 빠듯하지 않았다. 일이 너무 많았다기보다는 시간을 효율적으로 사용하지 못하고 있었다.

앞으로는 나의 시간을 보다 더 알차게 사용하기로 결심했다. 비교적 쉬운 일과 시간이 오래 걸리는 일을 구분하고, 마감 기한을 정하는 것도 하나의 방법이다. 단순히 마감일을 정하는 것이 아니라 마감일까지 그날그날 일정을 세부적으로 짜는 것도 도움이 된다. 분기나 연 단위처럼 긴 시간을 잡고 큰 목표를 세우는 것도 중요하다. 하지만 '하루를 어떻게 보내는지'도 중요한 문제다. 하루하루가 쌓여 한 달이 되고, 일 년이 된다. 오늘 같은 일을 방지하기 위해서는 계획을 세우는 것도 중요하지만, 그 계획이 잘 지켜지고 있는지 점검하는 것도 중요하다.

당신이 갑자기 너무 바빠지거나 중요한 일에 실수가 잦아졌다면 구체적인 계획을 세우고, 하나씩 기록해보는 방법을 추천한다. 가는 시간을 잡을 수는 없다. 하지만 똑같은 시간을 허투루 쓸지, 값지게 쓸지는 선택할 수 있다.

고민이 더 이상 고민이 아니길

친구와 술을 한잔 마신 날이었다. 그날따라 친구의 기분이 좋지 않아 보였다. 친구의 얼굴에는 누가 봐도 '나 고민 있어요.'라고 쓰여 있었다. 무슨 일이냐고 물어도 친구는 선뜻 입을 열지 않고 연거푸 술만 들이켰다. 그렇게 한참을 술만 마시다가 친구는 머뭇거리며 말했다. 돈을 빌려달라는 부탁이었다. 나는 선뜻 알겠다고 대답했다. 나의 대답에 친구는 당황하는 듯 보였다. 아무래도 이유도 묻지 않는 내게 놀란 것 같았다.

아무리 친한 사이라도 돈을 빌려준다는 것이 쉬운 일은 아니다. 하지만 나는 친구를 믿었다. 지금까지 내가 본 친구는 그 누구보다 성실하고 열심히 살아왔다. 늘 한결같았고 돈을 허투루 쓰는 사람이 아니었다.

다음 날, 나는 바로 친구에게 돈을 보냈다. 그리고 지금은 그 일이 있고 10년이 넘는 세월이 흘렀다. 친구는 지금까지 빌린 돈의 절반도 갚지 않았다. 아니 갚지 않은 게 아니라 갚지 못했다. 친구의 형편은 쉽게 좋아지지 않았다. 친구는 여섯 식구의 가장이었다. 편찮으신 어머니와 어린 동생, 아내와 딸, 아들이 있었다. 어머니의 병원비에 생활비까지 감당하는 일은 무척 고달팠을 거라 짐작한다. 그렇기 때문에 친구가 돈을 갚지 않았다고 친구와 의절하진 않았다. 여전히 내겐 소중한 친구다. 어깨가 무거운 친구의 사정이 안쓰럽고, 상황이 나아지길 바랄 뿐이다.

이처럼 누군가에게는 큰 고민이 누군가에게는 큰일이 아닐 수도 있다. 당시 내 친구는 어머니의 암 수술비가 급하게 필요한 상황이었다. 하지만 친구는 자기 아내는 물론 누구에게도 그 사실을 말하지 못했다. 그렇게 고민을 키우다가 나에게 부탁을 한 것이었다. 친구는 몇 날 며칠을 고민한 부탁이 나에게는 그렇게 어려운 일이 아니었다. 그 당시 나도 경제적으로 엄청난 여유가 있거나 부자가 아니었다. 그렇지만 나는 그 돈이 없어도 사는 데 전혀 지장이 없었다. 반면 친구는 하늘이 무너지는 심정이었을 것이다.

고민은 누군가에게 털어놓는 것만으로 해결될 때가 있다. 나와 내 친구의 일처럼 직접적인 해결책이 생길 수 있다. 예를 들어, 혼자 꽁꽁 싸매고 고민하던 문제를 털어놓았는데 상대가 쉬운 해결 방안을 가지고 있는 경우가 그렇다. 그럴 땐 허무할 만큼 빠르게 문제가 해결될 수도 있다.

직접적인 해결책이 아니더라도 효과는 있다. 말하는 것만으로 마음이 편해지기도 하기 때문이다. 고민하는 당신을 걱정하는 주변을 돌아보자. 때로는 그 사람들에게 기대는 것만으로도 고민이 줄어들기도 한다. 혼자서 꽁꽁 앓지 않고 도움의 손길을 잡는 것, 진정 현명한 태도이다. 이 글을 읽는 당신의 고민이 더 이상 고민이 아니길 바란다.

위로의 말 한마디

별거 아닌 한마디에 큰 위로를 받을 때가 있다. 내가 이 글을 쓰게 된 이유도 그렇다. 누군가 인생이 보잘것없다고 느껴질 때, 새로운 무언가를 시작하기 두려울 때, 삶에 희망이 없다고 생각될 때, 어떻게 살아야 하나 막막할 때 조금이라도 위로가 되어주고 싶었기 때문이다. 나에게도 그런 작은 위로가 필요한 때가 있었다.

몇 년 전 회사를 그만두고 음식점을 시작했을 때가 그랬다. 내가 가진 모든 것을 걸었고, 마지막 희망이라고 생각했다. 느닷없이 찾아온 코로나바이러스로 결국 실패했다. 몸과 마음이 만신창이가 된 나는 진심 어린 위로가 간절했다.

그러나 주위 사람들의 반응은 달랐다. 왜 가게를 차렸냐며 잔소리를 늘어놓았다. "코로나바이러스가 아니더라도 요즘 같은 불경기에 자영업을 시작한 게 잘못이야."라고 말하는 사람도 있었다. 나는 이미 사업을 접었는데도 불구하고 조언과 충고가 이어졌다. 내가 무엇을 잘못해서 가게가 망했는지, 앞으로는 어떻게 해야 성공할 수 있는지 하는 내용이었다.

물론, 지금은 나를 진심으로 걱정해서 도움이 되는 말을 하는 사람도 있었다는 것을 안다. 하지만 크게 상처받은 나에게는 들리지 않았다. 그래서 조금 더 힘든 날을 보냈는지도 모르겠다. 만약 그 당시 내가 누군가에게 따뜻한 위로의 말을 들었다면 어땠을까? 아마 조금 더 빨리 상처를 회복하고 빨리 일어설 수 있었을 것이다.

내가 원했던 위로의 말은 의외로 단순한 말들이었다. "너 괜찮아?", "좀 어때?", "넌 최선을 다했어. 고생했어."

같은 소소하지만 다정한 위로. 내 잘못이 아니라고 어깨를 토닥여 주는 듯한 따스함이 필요했다. 칭찬의 말도 중요하지만. 위로의 말도 중요하다. 칭찬은 고래도 춤추게 한다지만 위로와 격려의 말은 꺼져가는 불씨도 활활 타오르게 하는 힘이 있다. 힘이 되어주는 말은 그 어떤 것보다 값지고. 다이아몬드보다도 빛난다.

　타인에게 위로의 말을 기대할 수 없는 상황이라도 괜찮다. 그럴 땐 자기 스스로 위로의 말을 건네보자. 그 누구에게 듣는 것보다 스스로 하는 위로는 강력하다. 어쩌면 스스로에게 해줄 수 없어 타인의 말을 빌리려 하는지도 모른다. 그러니 자신에게도, 타인에게도 따뜻한 위로를 건넬 수 있는 사람이 되길 바란다.

건강을 챙기자

뱃속에서 통증이 느껴졌다. 배가 고파서 쓰린 느낌과 체한 것 같은 복통의 사이랄까. 배를 콕콕 찌르고 찌릿한 전기가 흐르는 느낌도 있었다. 크게 아픈 건 아니었지만 거슬릴 정도의 통증이 계속되었다. 나는 보통의 대한민국 성인 남성으로 술을 좋아하고 즐겨 마신다. 그래서 최근에 술을 자주 마셔서 복통이 생겼나 하는 생각이 들었다. 술을 마신 다음 날이면 숙취로 인해 속이 쓰라렸던 경험이 몇 번 있었기 때문이다. 그래서 통증이 시작되고 난 이후 보름 동안, 술을 마시지 않고 밥도 제때 챙겨 먹었다.

하지만 그런 노력에도 통증은 사라지지 않았다. 한 달이 다 되어가도 사라질 기미가 없어 결국 병원을 찾았다. 위 내시경을 받은 결과, 위궤양이 심하다고 했다. 의사 선생님은 한동안은 약도 챙겨 먹고 음식도 가려 먹어야 한다고 했다. 물론 당연히 술도 피해야 했다. 그때라도 몸을 잘 챙겼어야 했는데 그러질 못했다. 바쁜 일상에 좋은 음식을 제시간에 챙겨 먹는 일에 점점 소홀해졌다. 그리고 애주가인 내가 술을 멀리하는 것도 맘처럼 쉽지 않았다. 결국 평소와 다름없이 몸을 혹사하는 생활이 이어졌다.

그러던 어느 날, 집에 누워 있는데 속이 울렁거리면서 헛구역질이 나왔다. 곧바로 화장실로 달려가 토를 하려 했지만 나오는 것은 없었다. 그 이후로도 구토 증상은 사라지지 않았고 통증까지 심해졌다. 누군가 송곳으로 배를 마구 찌르는 듯했다. 도저히 참을 수 없어진 나는 친구에게 병원에 데려다 달라고 연락을 했다. 친구의 도움으로 큰 병원으로 향했다.

결과는 병원을 처음 찾았을 때보다 훨씬 몸이 나빠져 있었다. 나는 역류성 위염을 동반한 만성 위궤양으로 위 점막에 구멍이 뚫리기 직전인 상태였다. 지금 생각해도 그때의 통증은 끔찍했다. 진통제를 맞을 때는 좀 나았지만, 그렇지 않은 때는 잦은 구토감과 위 통증을 참기 힘들었다. 통증이 심한 날은 죽고 싶다는 생각이 들 정도였다. 그렇게 나는 두 달이란 긴 시간 동안 병원에 입원해야 했다. 병원에 입원했던 동안은 술을 마시지 않고 식사를 제때 챙겨 먹은 덕에 몸을 회복할 수 있었다.

건강은 건강할 때 지켜야 한다는 걸 알면서도 그러질 못하는 사람들이 있다. 나 또한 그런 사람 중 한 명이었다. 늘 바쁘고 피곤하다는 핑계로 내 몸을 뒷전으로 미뤄두었다. 만약 내가 평소에 술을 줄이고 몸을 챙겼더라면, 처음 병원을 찾았을 때라도 건강을 되찾기 위해 노력했더라면 두 달이나 입원하는 결과는 일어나지 않았을 것이다. 그 일을 계기로 이제부터는 건강을 잃고 후회하지 말고 미리미리 챙기자고 다짐했다.

건강을 잃는 것은 모든 것을 잃는 것이다. 건강하게 살아 있어야 무엇이든 시작할 수 있다. 그러니 지금 아무리 바쁘더라도, 아무리 힘든 상황에 처해 있더라도 건강을 소홀히 하지 말자.

비 오는 날

비 맞는 것을 좋아하는 사람이 얼마나 될까. 물론 우산 없이 비를 맞으면 왠지 모를 해방감이 들고 상쾌한 기분이 든다는 사람도 있다. 하지만 나는 비 맞는 걸 좋아하지 않는다. 우선 옷과 몸이 축축하게 젖는 게 찝찝하고 불편하다. 또 속설일지도 모르지만, 산성비를 맞으면 대머리가 된다는 말도 신경이 쓰이는 것이 사실이다.

내가 어릴 때만 해도 비가 내린다는 일기예보도 없이 비가 오는 날이 많았다. 그런 날은 아침에는 쨍쨍했다가 갑자기 하늘이 어두워지면서 비가 내렸다. 하루는 친구들과 수영을 하기 위해 바닷가로 놀러 간 적이 있었다. 우리는 거의 장마가 끝나갈 무렵 텐트와 배낭을 챙겨 바다로 향했다.

들뜬 마음으로 도착해보니 하늘에서는 이미 비가 내리고 있었다. 장마가 끝나가고 있었고, 일기예보에서도 비가 오지 않는다고 했기 때문에 우리는 비가 올 거라고 상상도 하지 못했다. 점차 빗줄기가 굵어지더니 비가 하염없이 쏟아져 내렸다. 비는 그칠 기색이 없었고 우리는 결국 수영을 포기해야 했다.

하는 수 없이 조그마한 텐트를 치기 시작했다. 그리고 텐트 안에서 비가 그치기를 기다리며 시간을 보냈다. 똑, 똑, 똑. 텐트 위로 떨어지는 빗방울 소리는 우리를 착잡하게 만들었다. '왜 하필 우리가 수영하러 오니깐 비가 떨어지냐.' 하는 생각에 하늘이 원망스러웠다.

그렇지만 그런다고 달라지는 것은 없었다. 우리는 체념하기 시작했고 슬슬 배도 고팠다. 우리는 라면을 끓여 먹기로 했다. 라면을 끓이기 위해서는 수돗가에서 물을 떠와야 했다. 가위바위보에서 진 나와 한 친구는 수돗가로 가기 위해 텐트에서 나왔다. 우리는 비가 올 거라 생각도 하지 않았기 때문에 당연히 우산도 챙기지 않았다. 우산이 없으니 최대한 빨리 뛸 생각이었다. 그런데 막상 텐트 문을 열고 밖으로 나오자 색다른 풍경이 펼쳐졌다. 비 오는 날의 바다는 생각보다 훨씬 낭만적이었다. 나와 친구는 수돗가에 가는 내내 비를 맞았다. 그런데도 기분이 나쁘지 않았다.

우리는 친구들을 부르기 시작했다. 처음엔 친구들이 나오려 하지 않았다. 아마 우리가 친구들을 골탕 먹이려고 하는 줄 알았던 것 같다. 우리의 성화에 못 이겨 친구들이 하나둘씩 나오기 시작했고, 우리는 다 같이 비를 맞았다. 비를 맞으며 바다에 발을 담그기도 했다. 비록 그날 수영은 못 했지만, 오히려 더 좋았다.

인생에서도 비가 오는 날처럼 흐린 날이 있다. 그런 날에도 너무 실망하지 않았으면 좋겠다. 그리고 비를 피하지 못해서 맞는 날도 있을 수 있다. 비를 맞기 전에는 축축하고 찝찝할 거라고 짐작하겠지만 의외로 시원할지도 모른다.

나와 내 친구들이 비로 인해 우울했지만, 막상 비가 와서 더 낭만적인 추억을 쌓을 수 있었던 것처럼 말이다. 그리고 그날은 내가 처음으로 비 오는 바닷가에 있었던 날이다. 그 풍경 자체가 나에겐 색다른 경험이 되었다. 다양한 경험은 사고를 확장하고 생각을 전환할 기회가 된다. 그러므로 새로운 경험을 최대한 많이 하는 것이 좋다. 피할 수 없으면 즐기자! 비가 오는 날도 색다른 경험이라고 받아들이면 더 가벼운 마음으로 즐길 수 있을 것이다. 때론 내리는 비를 맞는 것도 인생의 낭만이라고 생각한다.

4장

꿈과 희망이
있는 한
미래는 맑음

스스로 한계를 정하지 말자

나는 손으로 무언가 만드는 것을 좋아하고 손재주도 있는 편이다. 그래서 어린 시절, TV나 라디오, 선풍기, 시계 같은 가전제품이 고장 나면 직접 수리하곤 했다. 손을 댄 물건을 다 고칠 수 있는 건 아니었지만 그래도 웬만하면 작동할 수 있게 만들었다.

그때 내 꿈은 과학자가 되는 것이었다. 내 흥미와 적성에는 과학자라는 직업이 어울린다고 생각했다. 하지만 부모님의 생각은 달랐다. 내가 어릴 때는 '맥가이버'가 유행

했었다. 많은 아이가 맥가이버를 흉내 냈고, 나도 그런 아이 중 하나로 치부했다. 단순한 호기심쯤으로 여겼고, 꿈을 펼칠 기회를 주지 않았다. 그렇게 과학자란 꿈을 시작하지도 못하고 접어야 했다.

어른이 되고 난 이후, 나는 내가 만든 제품들로 몇 개의 특허를 보유하게 되었다. 시대의 흐름보다 조금 빨랐던 탓에 당시에는 큰 호응이 있지는 않았다. 하지만, 시간이 조금 흐른 후에 빛을 보기도 했다. 그런 걸 보면 어린 시절 내가 과학자가 되고 싶었던 것이 완전히 헛된 희망은 아니었다는 생각이 든다. '만약 어린 시절 부모님이 내 재능을 알아보고 능력을 키워줬다면 어땠을까?' 하는 생각을 한 적도 있었다. 그러나 이제는 안다. 내가 과학자가 되지 못한 건 부모님 탓 아니라 내가 나의 한계를 정했기 때문이다. 나는 과학자가 되고 싶은 마음과 동시에 '과학자가 되려면 머리도 좋아야 하고, 공부도 열심히 해야 하는데 내가 할 수 있을까?'라는 생각을 했다. 내가 이루기엔 너무 높은 꿈이라고 생각해 지레짐작으로 포기했다.

우리는 보통 주변 상황이나 사람에 의해서 꿈이나 목표를 포기하는 것이라 말한다. 그런데 포기하지 않고 성공을 이룬 사람들은 다르게 말한다. 다른 무엇보다 '자신에 대한 믿음이 부족해서' 실패하는 것이라고 말이다. 아무리 뛰어난 재능을 갖춘 사람이라도 자신의 한계를 정하면 큰 뜻을 펼치지 못하게 된다. 자신이 할 수 없다고 생각하면 할 수 없는 사람밖에 되지 못한다. 반대로, 자신이 할 수 있다고 믿으면 할 수 있는 사람이 된다.

우리는 우리가 가늠하지 못할 만큼 무한한 능력을 갖추고 있는 존재이다. 다만 그 능력은 잠재되어 있어 스스로가 스스로를 믿고, 행동해야만 세상 밖으로 나온다. 그러니 자기 스스로를 과소평가하지 말자. 자신의 가능성을 한 치도 의심하지 말고 믿어주자.

진심은 통한다

중국 청도로 출장을 간 적이 있다. 청도 공항은 비행기로 우리나라에서 제주도만큼이나 가까웠다. 인천 공항에서 출발해서 한 시간도 채 지나지 않아 청도 공항에 도착했다. 청도 공항에서 직원을 만나 다시 차를 타고 공장으로 향했다. 공장에 도착하니 예전 우리나라 모습이 떠오르는 익숙한 건물이 보였다. 왠지 낯선 이국땅이 아니라 정겨운 기분이 들었다.

중국인의 모습 또한 그다지 낯설게 느껴지지 않았다. 아마도 즐겨 보았던 중국 영화들 때문인 것 같았다. 특히 주윤발과 장국영, 유덕화는 꽃미남 배우 3인방으로 많은 작품에 출연했고, 우리나라에서도 유명했다. 여자 배우로는 왕조현과 장만옥이 인기 있었다. 아무튼 이런 배우들과 중국 영화 덕에 중국인들과 말이 통하지는 않았지만 친숙하게 느껴졌다.

나는 공장을 둘러보고, 거래처 사장님과 담당 직원 그리고 통역하는 직원과 함께 회의를 진행했다. 두 시간여 동안 대화를 나누었지만 협상이 제대로 이루어지지 않았다. 우리 회사에서 제시한 가격과 거래처에서 원하는 가격이 달랐기 때문이었다. 저녁 식사를 하는 중에도 계속해서 같은 주제로 이야기를 했지만 서로 다른 의견을 조율하는 데에는 실패했다.

결국 나는 최후의 수단을 쓰기로 했다. 바로 함께 술을 마시는 것이었다. 비록 언어가 달라 대화가 원활하지는 않았지만, 함께 술잔을 기울이다 보면 분위기가 조금은 풀릴 거란 생각이 들었다. 또 계약을 꼭 성사하고 싶은 내 마음을 어떻게든 전하고 싶었다.

'칭다오 맥주'는 청도에 유명한 술이다. 그래서 거래처 사장님에게 칭다오 맥주를 마시자고 제안했고, 흔쾌히 그러자고 했다. 우리는 늦은 시간까지 술을 마셨다. 대화는 통하지 않아도 긍정적인 분위기라는 것을 느낄 수 있었다. 사장님의 웃음소리는 점점 더 커졌다. 한참을 마시던 중 사장님은 나에게 "치위(契约)"라는 말을 반복했다. "치위 오케이? 치위 오케이?" '치위'는 중국어로 '계약'이라는 뜻이었다. 물론 당시에는 정확한 뜻은 몰랐지만 일이 잘 풀렸다는 것은 알 수 있었다. 결국 사장님은 우리가 제시한 가격에 계약을 채결했다.

한국으로 돌아와 회사로 복귀한 나는 계약 서류를 들고 회의에 참석했다. 모두가 어렵다고 생각했던 계약이었기 때문에 다들 기뻐하고 축하해줬다. 나는 중국 거래처 사장님의 호탕한 웃음소리가 떠올랐다.

어떤 상황이든 진심은 통하기 마련이다. 말이 통하지 않아도 내가 얼마나 계약을 성사하고 싶은지 거래처 사장님도 느꼈을 것이다. 진심을 전하는 것은 말이 아닌 마음이다. 당신이 진정 원하는 것이 있다면 진심을 다 쏟기를 바란다. 그렇다면 당신의 진심을 받은 상대도 분명히 진심을 알아줄 것이다.

포기의 효과

무슨 일이든 억지로 하면 결과가 좋기 어렵고, 고통이 따른다. 특히 아무리 노력해도 되지 않는 일에 집착하거나 매달리면 더 큰 좌절감과 패배감이 우리를 괴롭힌다.

내가 아는 사람 중에는 8년 동안 가망 없는 사업을 포기하지 못해 억지로 끌고 가는 사람이 있다. 그래서 그는 돈, 시간, 사람 그리고 자기 자신까지 잃어가고 있다. 그는 누군가의 그럴듯한 말에 솔깃해 사업을 시작했다. 하지만 결과는 좋지 못했다. 긴 시간 동안 나를 포함한 주위 사람들은 몇 번이나 그를 설득했다. 이제라도 사업을 접는 것이 맞는 상황이지만 그는 아직도 고집을 꺾지 않고 있다. 이미 많은 돈을 들였기 때문에 쉽사리 포기되지 않는 눈치였다.

　나는 그가 두 가지 실수를 했다고 생각한다. 첫 번째는 계획이나 공부 없이 주위의 말만 듣고 사업을 시작한 것이다. 자신이 시작하는 분야에 대해 많이 공부하고 알고 있어도 실패할 수 있다. 그런데 그는 주위의 말만 듣고 사업을 시작했기에 실패하는 것은 어쩌면 예상된 결과라는 생각도 든다.

　두 번째 실수는 '포기할 용기를 내지 않는 것'이다. 둘 중 더 큰 실수는 포기해야 하는 순간을 인정하지 않는 것이라 생각한다. 아무리 노력해도 결과가 달라지지 않을 때, 최선을 다했음에도 긴 터널의 끝이 보이지 않을 땐 포기하는 방법도 배워야 한다. 그는 이미 들인 자신의 노력과 수고가 안타까워 정답을 알면서도 애써 외면하고 있다. 때론 포기가 가장 현명한 선택일 때도 있다. 포기는 우리의 생각보다 엄청난 용기가 필요한 결정이다.

물론 포기를 장려하는 건 아니다. 사람마다 역량이 다르기 때문에 어떤 일을 할 때 성공 가능성에 대해 염두를 해야 한다는 것이다. 무작정 하고 싶다고 다 할 수 없는 것이 인생이다. 또 사람은 아무리 좋아서 하는 일도 보상이 하나도 없다면 계속해서 즐길 수 없다. 그 보상은 금전적 이익일 수도 있고, 명예나 명성일 수도 있고, 자아실현이나 보람일 수도 있다. 그런 보상이 없는 일은 무엇이 잘못되고 있는 건 아닌지 따져봐야 한다. 해보지도 않고 결과를 미리 재단하는 것도 피해야 하지만 자신의 역량과 결과를 꾸준히 확인해야 한다.

최선을 다하는 것과 미련을 버리지 못하는 것이 다르다. 지금 하는 일이 만족스럽고 좋은 결과를 내고 있는지, 아니면 할 수 없는 일에 집착하느라 시간을 낭비하는 것인지 고민하는 시간이 필요하다.

특별한 노력

꿈을 이루기 위해서 노력해야 한다는 것은 아마 초등학생들도 다 아는 사실일 것이다. 하지만 누구나 노력만 한다고 꿈을 이룰 수 있는 건 아니다. 남들과 똑같은 노력으로 꿈에 도달하기는 어렵다.

그렇다면 우리는 어떻게 해야 할까? 남들보다 더 큰 성공이나 꿈을 이루길 원한다면 남들과는 다른 특별한 노력을 해야 한다. 특별한 노력이란 일반적인 노력에 무언가를 조금 더 추가하는 것이다. 보통의 노력에 '나만이 할 수 있는 노력'을 더할 때, 그 노력은 빛을 발한다.

한 끗 차이가 성공을 만든다. 비슷한 기량의 선수들이 있다. 선수들은 결승선을 향해 젖 먹던 힘까지 짜내서 달려 나간다. 그 선수들이 한 출발선상에 서기까지 노력하지 않은 사람은 없다. 모두가 노력하고, 최선을 다한다. 그렇지만 결승선에 제일 먼저 들어와 1등을 차지하는 선수는 한 명이다. 그 한 명은 남들과는 다른 차별성을 인정받는다.

'나만의 노력법'은 목표에 대해서 많이 생각하고 고민할수록 찾기 쉽다. 내가 가려는 길을 먼저 걸은 사람들의 발자취도 따라 걸어보고, 나만의 방법으로 재해석도 해보는 것이 좋다. '모방은 창조의 어머니'라는 말도 있지 않은가. 좋은 노력을 많이 배우다 보면 어느새 나만의 방도를 찾게 될 것이다.

마지막으로 당부하자면, 이런 특별한 노력이 성공으로 이어지기 위해선 구체적인 목표가 동반되어야 한다. 자기가 어떤 길을 걷고 있는지 구체적으로 알고 있는 사람만이 꿈에 한 발짝 가까이 다가서게 된다. 당신이 하고 있는 일과 꿈을 이루기 위해서는 무엇보다 구체적이고 체계적인 행동이 따라야 한다.

구체적이고 세밀한 노력을 하기에 앞서 제일 먼저 종이에 구체적인 꿈과 구체적인 할 일을 써보자. 가능한 한 꿈을 이루기 위해 필요한 것이 무엇인지 모두 나열해야 한다. 그리고 촘촘하게 계획을 짜고 매일매일 실천하자. 당신의 특별한 노력이 헛되지 않으려면 정확한 목적지를 알고 출발해야 한다. 구체적인 계획이 있는 사람은 아무리 멀리 여행을 떠나도 길을 잃지 않는다. 길을 잃지 말고, 당신만이 할 수 있는 노력으로 당신만이 이룰 수 있는 성과를 만들어라.

꿈을 꾼다

지난밤 밤새 꾸었던 꿈 때문에 기분 좋은 하루를 보낼 수 있었다. 실제 있었던 일도 아니고 고작 꿈일 뿐인데 하루가 달라졌다. 꿈에서 나는 내가 좋아하는 사람들과 좋은 곳에 가서 즐거운 시간을 보냈다. 깨고 싶지 않을 만큼 행복했다. 평소에 내가 가지고 있던 바람을 꿈으로 꾼 게 아닌가 하는 생각이 들었다.

꿈은 동음이의어다. 동음이의어란 발음은 같지만 뜻이 다른 단어를 말한다. 첫 번째로는 내가 꾼 꿈처럼 잠을 자면서 여러 가지 체험을 하는 현상을 뜻한다. 두 번째는 이루고 싶은 목표를 말한다. 내가 하고 싶은 일, 닮고 싶은 인물, 가지고 싶은 것 등. 희망 사항, 소원과 비슷한 의미를 가진다.

동음이의어인 두 가지 꿈은 발음 말고도 공통점이 하나 있다. 그건 바로 삶에 좋은 에너지를 준다는 점이다. 어린 시절 나는 과학자가 되는 것이 꿈이었다. 시간이 흘러 지금은 사람들에게 좋은 영향을 주는 글을 쓰는 사람이 되고 싶다. 아직 꿈을 이루진 못했지만 그런 날을 생각만 해도 기분이 좋아진다. 꿈이 있는 사람과 꿈이 없는 사람은 확연한 차이가 있다. 꿈을 가지고 꿈을 이루기 위해 달려가는 사람은 긍정적인 에너지를 내뿜는다.

어느 날, 친구들에게 꿈이 있냐고 물어본 적이 있었다. 친구들은 마치 내가 이상한 말을 한 것처럼 나를 쳐다보았다. 그리곤 꿈은 어릴 때나 꾸는 것이지 지금은 사는 것도 벅차다고 말했다. 내 친구들처럼 현실의 무게에 짓눌려 바쁘게 살아가는 사람들이 꿈을 사치라고 여기는 것은 어쩌면 당연하다. 나 또한 그 마음을 잘 알고 너무 이해한다.

하지만 그럼에도 꿈을 꾸며 살아가는 나처럼, 내 친구들도 꿈을 갖기를 진심으로 응원한다. 혼자만 꿈이 있다는 사실에 미안한 마음도 들었다. 학생 때 수업 시간 중 꿈에 대해 발표한 경험은 다들 한 번쯤 있을 것이다. 내 기억으로 그때 꿈이 없다고 말하는 아이는 한 명도 없었다. 그런 아이들이 커서 어른이 되자 현실에 지쳐 꿈을 놓치고 있었다. 하지만 각박한 세상이기 때문에 꿈이 더더욱 필요한 것이라 말하고 싶다.

우리는 종종 '무엇을 상상하든 그 이상'이라는 표현을 쓴다. 이 말은 어떤 기대를 하더라도 기대 이상의 것을 얻을 수 있다는 의미이다. 나는 이 표현이 꿈을 잘 설명한다는 생각이 든다. 꿈을 꾸면, 설사 그 꿈을 완벽히 이루지 못해도 그 과정에서 많은 것을 얻는다. 예를 들어 꿈을 위해 노력하며 발전하는 나 자신을 발견한다. 또 꿈을 이룬 미래를 생각하면 희망도 커진다. '꿈이 가진 힘'을 누리는 것도 그 많은 부산물 중 하나다.

늘 꿈을 꾸는 사람이 되어야 한다. 그리고 꿈이 주는 에너지를 마음껏 누리자. 꿈을 꾸는 사람, 꿈을 꾸는 삶은 언제나 멋지다. 이렇게 꿈, 그 자체를 즐기다 보면 꿈에 한 걸음 더 가까워져 있는 나를 발견할 수 있을 것이다. 우리 모두 낮에도, 밤에도 멋진 꿈을 꾸는 사람이 될 수 있기를.

희망이라는 두 글자

우리가 살면서 '희망'이라는 두 글자를 떠올릴 때는 언제일까? 흔히들 어떤 일을 앞두고 좋은 결과를 기다릴 때 희망을 기대하곤 한다. 대학교 합격 결과를 기다리고, 스포츠 경기에 선수가 골을 넣기를 응원할 때 희망을 찾는다. 또 로또 같은 횡재의 기회에도 희망을 떠올린다. 하지만 희망이 절실히 필요한 순간은 따로 있다고 생각한다. 바로 아무런 희망이 보이지 않는 순간이다.

나도 긍정보다는 부정이 마음속 깊이 자리 잡은 때가 있었다. 부정적인 생각이 자연스럽게 눈과 귀를 막았다. 누군가가 나에게 어떤 이야기를 해도 부정적으로 받아들였다. 그런 나의 태도에 인간관계도 서서히 무너지기 시작했다. 내가 상대를 부정적으로 바라보면 볼수록 상대 또한 지쳐갔다. 결국 나의 부정적인 모습이 관계를 망쳐버렸다. 절망적이었다. 절망적인 순간에 절망인 생각을 할수록 점점 깊이 가라앉았다.

그러다 문득, '내 의지대로 아무것도 할 수 없는 지금, 내가 할 수 있는 것이 무엇일까?'라는 생각이 들었다. 마음의 전환이 필요했다. 부정적인 마음으로 세상을 보면 부정적인 일로 가득해지고, 긍정적인 마음으로 세상을 살면 긍정적인 일도 하나둘 늘어간다. 좋아진 건 아무것도 없었지만, 내 마음은 내가 바꿀 수 있었다. 희망은 스스로 만들 수 있는 내면의 긍정 에너지이다.

나는 희망을 저버리지 않아서 결국 절망과 손을 놓을 수 있게 되었다. 점점 희망적이고 긍정적인 사람이 되자 망쳤던 인간관계도 회복할 수 있었다. 나쁜 일에 희망 하나를 툭, 떨어뜨리면 어떻게 될까? 물론 한순간에 나쁜 일이 좋은 일로 바뀌는 기적이 일어나지는 않는다. 하지만 부정적인 기운은 점점 옅어지고, 긍정적인 기운은 점차 커질 것이다.

희망이라는 말은 듣기만 해도 힘이 생기고, 왠지 좋은 일이 생겨날 것 같다. 희망을 떠올리면 긍정도 함께 따라온다. 그로 인해 좋은 태도를 갖게 만들고 좋은 인간관계도 만들 수 있다. 때론 좋은 관계가 시작할 수 있는 용기와 기회를 주기도 한다. 이처럼 연쇄적으로 좋은 일이 생겨 절망의 순간에서 빠져나올 수 있게 도움을 준다.

나는 희망이라는 두 글자를 새해 첫날처럼 특별한 날이 아니더라도 일상에서 자주, 누구에게나 전하고 싶다. 특히 그 사람이 지금 희망을 찾기 어려운 상황이라면 더더욱 말이다. 아무리 눈앞이 칠흑처럼 어두워도 희망은 기어코 우리의 삶으로 귀환한다. 희망이 있다면 어떤 역경에 처하더라도 오뚝이처럼 다시 일어설 수 있다. 희망은 절대 당신을 저버리지 않기 때문에 당신도 희망을 버리지 않길 바란다.

불편한 오늘이 편안한 내일을 만든다

당신이 오늘 하루 불편함을 느꼈다면 그 이유는 무엇일까? 나는 이유를 두 가지로 설명하려 한다.

첫 번째, 과거의 자신 때문에 불편할 수 있다. 지나간 시간에서 따라오는 불편이라는 것이다. 예를 들어, 오늘까지 과제를 제출해야 하는 사람이 있다고 가정해보자. 그런데 그 사람은 마지막 제출 날을 믿고 과제를 열심히 하지 않았다. 그렇다면 결과는 어떻게 될까? 아마 오늘 하루 내내 시간에 쫓기며 과제를 끝내야 할 것이다. 이것이 바로 과거에서 오는 불편함이다.

　두 번째, 미래의 자신을 위한 불편함이다. 앞서 설명한 불편함과는 반대되는 불편함으로, 다가올 내일이 오늘을 불편하게 만드는 것이다. 우리가 저축을 하고, 보험을 드는 이유와 비슷하다고 할 수 있다. 대부분의 사람은 일을 하고 돈을 벌면 나중을 위한 저금을 한다. 당연히 지금 당장 쓸 수 있는 돈은 줄어든다. 어쩌면 현재의 생활을 풍족하게 영위하지 못하게 되어 불편함이 생길 수도 있다. 그런데도 사람들이 저금을 하는 이유는 하나이다. 미래의 내가 조금이라도 더 행복하고, 편안하길 원하기 때문이다. 바로, 미래의 나를 위해 오늘의 불편을 감수하는 일이다.

　물론 불편함에도 여러 가지 종류가 있다. 내가 여기서 말하고자 하는 불편함은 불안, 어색, 초조, 언짢음 같은 감정은 아니다. 따가운 옷을 입거나 딱딱한 신발이 불편한 것 같은 불편과는 다르다. 예를 들어, 어렵고 싫지만 참는 불편함, 당장 눈앞의 성과보다는 멀리 보는 불편함, 대충대충 살지 않는 불편함, 시간을 허투루 보내지 않는 불편함 등 이런 불편을 뜻한다.

하루를 주어진 대로만 산다면 당장 오늘은 편안한 하루가 될지는 몰라도 편안한 내일은 기대하기 어려울 수 있다. 인간은 현실에 안주하고 싶은 본능이 있다고 생각한다. 굳이 사서 고생을 하고 싶은 사람은 많지 않을 것이다. 그럼에도 본능을 누르고 오늘 불편을 감수하면 다가오는 내일은 편안할 것이다. 지금 당신이 불편함을 느끼는 것은 잘 살고 있다는 증거이다.

또한 이 불편함은 긍정적인 불편함이다. 부정적인 불편함은 현재의 불편을 애써 감수해도 좋은 결과가 기다리고 있다거나 하지 않는다. 몸에 맞지 않는 의자가 불편하지만 참고 견딘다고 해서 좋은 일이 생기는 게 아닌 것처럼 말이다. 그냥 불편한 의자는 어제도, 오늘도, 내일도 불편할 뿐이다. 이런 불편함을 감수할 필요도 의미도 없다. 하지만 긍정적인 불편함은 감수할 만한 가치가 있다.

불편한 하루를 보낸 이는 편안한 내일을 맞는다. 불편한 하루하루가 모여 당신이 원하는 미래를 만들 수 있다. 그러므로 당신의 오늘에 편안함만이 아니라 의미 있는 불편함이 함께하길 응원한다.

멀리 가기 위해서는 쉬어가야 한다

인생은 긴 여행이다. 우리는 산에 오르고 자갈밭을 걷는다. 그리고 또다시 내리막길과 오르막길을 마주한다. 그런 인생에서 휴식이란 선택이 아니라 필수이다. 군인 시절 무더위가 막 기승을 부리던 6월의 어느 날, 중대가 소란스러웠다. 군장을 꾸려 먼 길을 떠날 준비를 해야 했기 때문이었다. 나는 군에 입대하고 처음으로 행군을 하는 날이었다. 40km 행군 준비를 모두 마친 후 군장과 소총을 들쳐메고, 머리에는 철모를 눌러썼다. 어둑한 밤이 되자 행군이 시작되었다.

군장과 소총은 시간이 지날수록 무거워져만 갔고, 딱딱한 군화 덕에 바닥의 충격이 고스란히 전해졌다. 얼마나 걸었을까? 이마에서 땀방울이 흘러내려 얼굴과 목덜미를 흥건히 적셨고, 발바닥은 열이 올라 통증이 생겼다. 잠시 후, 10분간의 휴식이 주어졌다. 무거웠던 군장과 소총을 내려놓고 철모와 군화를 벗는 것만으로도 살 것 같았다. 찰나였지만, 지옥에서 천국으로 옮겨온 듯 꿀맛 같은 시간이었다.

10분이 지나고 고통스러운 행군은 다시 시작되었다. 행군과 휴식을 반복하며 걷고 또 걸었다. 8시간쯤 걷자 체력의 한계를 느끼며 모든 것을 내려놓고 포기하고 싶었다. 하지만 포기하고 싶어질 때마다 잠깐의 쉼이 찾아왔다. 죽을 것 같다가도 그 잠깐이 끝까지 완주하는 원동력이 되어주었다. 결국 나는 무사히 행군을 마쳤고, 부대로 복귀해 칭찬과 격려를 받았다.

우리의 인생은 군대에서 행군하는 거리보다 몇십 배, 몇백 배는 더 길다. 인생은 짧은 단거리 경주가 아니다. 그러므로 몸과 마음을 살피며 충분한 휴식을 취해야 한다. 내가 지금 더 걸을 수 있는 상태인지, 잠시 앉아 숨을 돌려야 하는지 관심을 기울여야 한다. 스포츠 중 장거리 경주에 참가한 선수들은 저마다의 페이스를 가지고 경기에 임한다. 절대로 무리하지 않는다. 행군도 마찬가지다. 엄격한 기강의 군대에서조차 행군을 끝까지 하기 위해서 휴식 시간을 부여한다. 멀리 가기 위해서는 반드시 쉬어가야 한다.

너무 앞만 보고 달리면 목적지에 도달하기도 전에 금방 지친다. 그 외에도 자신을 너무 혹사할지도 모른다. 또 주변 사람들에게 소홀해지고 많은 것을 놓치게 된다. 그럴 때면 어딘가에 도착하기 위해서 자신을 너무 다그치지는 않았는지 돌아봐야 한다. 스스로를 격려하고, 돌보고, 아껴야만 긴 인생을 조금 더 편안하고 여유롭게 살 수 있다.

경주마처럼 앞만 보며 달리기엔 우리의 인생이 너무나 길다. 우리는 일상에서의 여유와 일탈을 마땅히 즐길 자격이 있다. 잠시 쉬어 갈 때도, 바쁘게 달려갈 때도 있는 것이다. 힘들면 쉬어가는 것이고 그러다 보면 결국 행복해지는 것이다. 자신을 더욱더 성장하게 만드는 휴식이란 값진 시간을 당당하게 누리자. 당신의 여정에 여유로움과 넉넉함이 함께하고, 쉼 있는 오늘이 되기를 바란다.

어른이 되어 가는 과정

성장이란 무엇일까? 인간은 어린아이에서 청소년이 되고, 다시 청소년에서 청년이 된다. 이 과정을 우리는 성장기라고 부른다. 사람은 성장기에 몸집도 커지고, 근육도 발달한다. 물론 이처럼 신체적인 성장만 하는 것은 아니다. 정신적인 성장도 함께 이루어진다. 살아가면서 사람을 만나고, 사회 경험도 하면서 많은 것을 배운다. 그런 과정을 거쳐 인간은 정신적 성장을 이룬다.

인간은 스스로 무언가를 해내거나 어려운 상황을 헤쳐

나갈 때 성장하기도 한다. 또 아픔이나 고통을 견뎌낼 때 인간으로서 한 단계 성장한다. 그래서 우리는 종종 이런 상황들을 만나면 '어른이 되어 가는 과정'이라고 말한다. 우리가 살면서 만나는 많은 일들은 어쩌면 우리가 더 나은 사람으로 성장하기 위한 관문이라는 생각이 든다.

대부분의 성장에는 성장통이 뒤따른다. 고통 없는 성장은 많지 않으리라 생각한다. 인간은 성장하는 과정에서 느끼는 고통을 통해 남을 배려하고 사랑하는 사람이 되는 것이다. 성장은 생각의 깊이, 마음의 넓이를 키운다. 또 시야를 넓혀 전에는 보지 못했던 것들을 보게 만들고, 미처 생각하지 못했던 것들을 생각할 수 있게 한다. 또, 성장하기 전에는 절대로 하지 못할 것 같은 이해와 용서가 가능해진다.

그렇기에 성장을 겪은 모든 사람에게 같은 인간이자, 한 명의 어른으로서 존경과 응원의 박수를 보내고 싶다. 어떤 성장이든 대단하고 멋있지만, 힘든 상황에서도 끝끝내 성장하는 사람들은 행복한 삶을 누릴 마땅한 자격이 있다고 생각한다.

일본의 무술가인 우에시바 모리헤이는 "삶은 성장하는 것이다. 만약 성장하지 않는다면 죽은 것이나 다름없다." 라는 말을 했다. 그의 말처럼 인간은 죽을 때까지 끊임없이 성장할 수 있고, 성장해야 한다. 계속해서 성장한다면 그리고 성장하기 위해 노력한다면 설사 몸은 청년기를 지나 노년기를 맞더라도 언제까지나 성장기라고 할 수 있다.

우리는 종종 최고령 수능 도전자나 만학도의 이야기를 듣게 된다. 나는 그들이 대단한 성공을 이루기 위해 도전한다고 생각하지 않는다. 아마 성장하는 과정 자체가 즐겁고 보람을 느낄 것이다. 성장과 성공은 다르다. 성공이 목적이 아닌 성장을 목적으로 나아간다면 우리는 더 성숙하고 좋은 사람이 될 수 있을 것이다.

다시 봄날을 꿈꾸며

당신의 가장 화창했던 봄날은 언제였나. 우리는 인생에서 가장 행복했던 시절을 '봄날'이라고 부른다. 지난날 풍족했던 시절, 뜨겁게 사랑을 나누었던 시절, 온 가족이 둘러앉아 웃음꽃을 피웠던 시절, 친구들과 동고동락하던 시절, 누구보다 열심히 꿈을 향해 달려가던 시절 등 우리는 모두 자신만의 봄날을 가지고 살아간다.

몸서리치게 추웠던 겨울도 지나고, 따스한 봄 햇살이 고개를 내밀고 있다. 지난날 아팠던 기억도, 쓰라린 추억도 조금씩 사라지는 것을 느낀다. 이처럼, 인생의 봄날은 사계절의 순환과 비슷하다. 추운 겨울을 지나면 봄이 오듯이, 가장 힘들고 어려운 시기를 잘 견디면 결국 인생의 봄날이 찾아오기 때문이다.

또 사계절이 바뀌듯이 인생도 언제나 늘 봄일 수는 없다. 땀이 흐르는 한여름이나 이불 속에만 있고 싶은 한겨울에는 봄을 기다리게 된다. 하지만 나는 그런 여름과 겨울이 있기에 봄이 더 찬란하다고 생각한다. 막상 우리가 봄만 있는 한 계절에 살아간다면 봄이 얼마나 근사하고 감사한 계절인지 깨닫지 못할 것이다. 봄을 당연하게 생각하고 따분함을 느낄지도 모른다. 인생도 마찬가지다. 여름처럼 뜨거운 치열함도 느끼고, 한겨울처럼 혹독한 시련도 겪어야 비로소 진정한 행복을 느낄 수 있는 것이다. 이런 봄날의 추억은 봄이 오지 않은 일상을 버티게 해준다.

당신은 지금 어느 계절에 머물고 있는가. 어떤 사람은 새롭게 씨앗을 뿌리는 시작의 계절에 살고 있을 것이다. 누군가는 한 번의 수확을 마치고 조금은 허무한 계절에 살고, 또 누군가는 아무리 옷을 껴입어도 매서운 바람이 멈추지 않는 계절일지도 모르겠다. 당장은 언제 다시 봄이 오나 짐작할 수 없겠지만 봄날은 다시 온다. 그리고 다시 온 봄날은 지금까지 당신이 겪은 봄날보다 훨씬 따뜻하고 빛나는 날들일 것이다.

책에서 배운 인생

우리는 어릴 때부터 책의 이로움, 독서의 중요성에 대해 수도 없이 들으면서 자란다. 나 또한 그랬다. "책은 이롭다.", "책은 마음의 양식이다.", "책을 가까이하는 사람이 성공한다." 등 숱한 말을 들었지만, 실제로 책을 가까이하진 않았다. 내 주변 사람 중에서도 특별히 책을 좋아하거나 추천해주는 사람도 없었기 때문에 별 감흥 없이 살아왔다. 또, 책은 재미없고 지루한 문자들이 줄줄이 나열된 것이라고 생각했다.

그랬던 내가 처음으로 책을 읽어야겠다고 결심한 것은 새로운 목표나 뚜렷한 계획이 있던 것은 아니었다. 그저 삶이 지치던 어느 날, 책을 읽으면 정말 깨달음을 얻을 수 있을까 하는 생각이 들었다. 그래서 그날 이후 무작정 책을 읽기 시작했다. 처음 책을 읽기 시작할 때는 정말 쉽지 않았다. 책을 읽지 않던 사람이 진득하게 책을 읽기 위해선 많은 인내가 필요했다. 나는 취미로써 재미를 추구하기보다는 세상을 배우고 싶은 마음이 컸기에 더 그랬던 것 같다.

차츰차츰 책이 쌓여갈수록 나 자신을 똑바로 마주할 수 있었고, 세상도 조금은 달라 보였다. "세상은 아는 만큼 보인다."라는 말이 있다. 나는 독서를 시작한 후, 이 말의 참 의미를 알게 되었다. 그동안 나는 늘 인생을 제대로 살고 싶었지만 정작 '제대로 사는 게' 무엇인지 알지 못했다. 배움도, 배우려는 의지도 부족했다. 그래서 삶이 더 어려웠고, 서툴렀다. '조금 더 일찍 책을 읽었다면 어땠을까?' 하는 아쉬운 마음이 들었던 것도 사실이다. 하지만 지금은 이제라도 책을 좋아하게 되어서 다행이라고 생각한다. 나는 책을 통해 더 나은 삶을 기대하게 되었다.

책 좀 읽었다고 한순간에 내 인생이 다른 사람의 인생이 되진 않았다. 그래도 내가 긍정적으로 변하고 있다는 것은 느꼈다. 책의 가장 좋은 점은 역시 많은 사람의 인생과 경험을 체험할 수 있다는 점이다. 책에는 글을 쓴 사람들의 인생이 담겨 있다. 그들이 실패로부터 배운 교훈, 사람을 대하는 태도, 어려움을 극복하는 노하우 등등 온갖 일들을 예습할 수 있다. 이는 마치 우리가 여행을 떠나기 전에 내가 가는 곳이 어떤 곳인지, 어떤 길이 펼쳐질지 미리 익히는 것과 비슷하다. 책에 나온 그대로 내 인생이 흘러가진 않겠지만, 낯선 곳에 대한 불안과 두려움을 줄일 순 있다. 그리고 넘어지더라도 덜 아프게, 덜 다치게 해준다.

책을 본격적으로 읽기 시작한 지 벌써 2년이 지났다. 그리고 나는 살아가는 동안 계속해서 책을 읽고, 배우고, 조금씩 더 나은 사람이 될 것이다. 독서뿐 아니라 모든 배움은 소중하다. 무언가를 배우고 수용하려는 자세는 우리를 겸손하게 만들고 성장할 수 있게 돕는다. 책을 많이 읽는 것은 중요하지 않다. 때론 한 권의 책이 나를 변화시키기도 한다. 그러니 가벼운 마음으로 책을 펼쳐보자. 의외로 당신은 당신이 생각하는 것보다 책을 좋아할지도 모른다. 책의 분야도 상관없고, 끝까지 다 읽지 않아도 좋다. 더 나은 사람이 되기 위해 배우려는 자세만으로 이미 한 단계 성장한 것이다. 그렇게 서서히 책과 가까워지다 보면 아마 마음이 바뀌고, 생각이 바뀌고 결국은 행동도 바뀔 것이다.

인생은 기다림

인생은 기다림의 연속이다. 인간은 태어나는 순간부터 죽는 순간까지 기다리고 또 기다린다. 기다림에는 즐거움과 설렘, 아름다움이 있다. 또 슬픔이나 고통을 동반하기도 한다. 모든 것은 기다림에서 비롯되고, 기다림의 끝에는 결국 만남이 있다. 그 만남이 좋든 싫든 말이다.

나는 희망을 기다린다. 내가 쓴 글로 '많은 사람에게 힘을 주길 바라는' 희망 말이다. 이런 희망을 기다리면서 열심히 살아가고 있다. 이 기다림은 지겹고 지루한 과정이 아니다. 설레고, 기대감이 커지는 기다림이다. 당신이 무엇을 기다리든 내가 희망을 기다리는 것처럼 즐거운 마음으로 기다리면 좋겠다. 당신이 원하는 존재나 마음을 만나기 위해 가는 여정이 얼마나 즐거운 일인가. 그러니 기다림 끝에 발견하는 게 예상과 다를지도 모른다는 초조함은 버리자.

기다림에는 두 가지 종류가 있다. 하나는 존재를 향한 기다림이고, 나머지 하나는 마음에 관한 기다림이다.

우리는
아이를 기다리고,
부모를 기다리고,
친구를 기다리고,
연인을 기다리고,
계절을 기다리고,
시간을 기다리고,
성공을 기다리고,
멋진 인생을 기다린다.

또 마음으로는

기쁨을 기다리고,

사랑을 기다리고,

이별을 기다리고,

행복을 기다리고,

희망을 기다리고,

마지막에는 죽음을 기다린다.

사랑하는 사람과 만나기로 한 날, 약속 장소에 먼저 가서 상대방을 기다리는 마음을 떠올려보자. 기다리는 시간마저 행복하게 느껴진다. 또, 꼭 갖고 싶었던 물건을 주문하고 택배를 기다리는 사람의 기다림에는 기대가 묻어져 있다. 고추장이나 된장은 숙성할수록 깊은 맛이 나고 맛있어진다. 이것이 바로 기다림의 미학이다. 기다림의 미학을 즐기면, 뒤에 오는 당신의 만남에도 '맛남'이 기다리고 있을 것이다.

글을 쓰는 일은 과거의 나를 돌아보는 계기가 되었다. 내가 살아온 길을 되돌아보니, '아, 내가 이런 삶을 살았구나.' 하며 웃음이 나기도 했다. 또 나는 내가 생각한 것보다 훨씬 단단한 사람이라는 생각도 들었다. 나는 짧지 않은 세월 동안 다양한 사람을 만나고, 수없이 많은 경험을 했다. '이렇게 크고 작은 일을 많이 겪고 이겨냈으면서 지금 또 엄살을 부리고 있구나.'라는 생각에 마음이 한결 가벼워졌다.

사람은 다양한 경험을 통해 다양한 감정을 느끼고 성장한다. 물론 사람마다 각기 다른 경험을 한다. 그런데도 공통점이 있다면 지나고 난 후에는 대부분 상처가 아문다는 점이다. 비록 당장은 힘들고 도망치고 싶을 때도 있겠지만 언젠가는 분명, 내가 이 글을 쓰면서 미소 지은 것처럼 웃을 날이 올 것이다. 그러니 당신의 과거를 되돌아보길 바란다. 당신의 과거가 현재의 당신에게 해답을 줄지도 모르니 말이다.

또, 시작을 너무 두려워하지 않길 응원한다. 아무것도 모르는 내가 책을 쓰기까지는 블로그에 글을 쓰는 것이 큰 도움이 되었다. 처음 블로그에 글을 쓰기 시작할 때만 해도 내가 책을 내게 될 것이라고 상상도 하지 못했다. 그저 '서로 격려와 위안이 되어주자.' 했던 결심이 나를 여기까지 데려다주었다. 끝을 상상하고 시작하면 무엇이든 너무 어려워진다. 그저 결과는 결과일 뿐, 시작하는 나 자신을 멋있다며 칭찬하고 응원해주자.

＊

＊

＊

끝으로 내가 글을 쓰는 동안 소통하고, 공감해주고, 칭찬과 격려를 아끼지 않은 분들에게 감사를 전하고 싶다. 역시 인생은 한 사람보다는 여러 사람이 모여 함께 힘을 발휘할 때, 훨씬 강해지고 행복해진다는 것을 또다시 배웠다. 이 책을 읽는 분들에게도 내가 받은 만큼, 많은 용기와 위로가 다 전해지기를 바란다.

지나고 나면
작은 일이 된다

초판 1쇄 인쇄 2022년 6월 10일
초판 1쇄 발행 2022년 6월 20일

지은이　　변효성
펴낸이　　김동혁
펴낸곳　　강한별 출판사

기획　　　서가인
책임편집　김주빈 윤수빈
디자인　　서승연
일러스트　유수수

출판등록　2019년 8월 19일 제406-2019-000089호
주　　소　경기도 파주시 탄현면 헤이리마을길 21-7 3층
대표전화　010 - 7566 - 1768 **팩스** 031 - 8048 - 4817
이메일　wjddud0987@naver.com

ⓒ 변효성, 2022

ISBN 979-11-92237-06-0 (03810)